ジンカン

宮内庁神祇鑑定人・九鬼隗一郎

三田 誠

講談社
タイガ

目次

イラスト　yoco
デザイン　坂野公一（welle design）
魔術考証　三輪清宗

ジンカン

宮内庁神祇鑑定人・九鬼隗一郎

第一話　イェイツの日本刀

今は世にないアイルランドの詩人イエーツが書いた舞踊劇の一つに「鷹《たか》の井戸」といふのがある。その鷹の井戸がこの世にあるとしたら、どの辺にあるのだらうか？

——片山廣子《ひろこ》『燈火節《とうかせつ》』より

0

座敷に、鬼瓦が座っていた。

きりりと野太く、つりあがった眉《まゆ》。

一文字に引き結ばれた、男らしい唇《くちびる》。

眼光鋭く、正座した姿勢は石像のごとく揺るぎない。鬼瓦があれほどいかめしい顔をしているのは、病《やまい》や悪霊を脅《おど》して退《ひ》かせるための厄除《やくよ》けだというが、なるほど半端《はんぱ》な悪霊ごときはその眼力ひとつですごすごと回れ右してしまいそうだ。

壮漢である。

おおよそ、四十かそこらの年代か。

打ち立てた実績の代わりに、肉体的には衰《おとろ》えが見えてくる年頃だ。

もっとも、この男に限っては、そんな様子は欠片《かけら》もなかった。鎖骨から大胸筋に至るまでが驚くほどせり上がっており、ぽつんと灯《とも》った蠟燭《ろうそく》が、二の腕の凹凸《おうとつ》をくっきり浮かび上がらせている。

落ち着いて呼吸しているだけで、大蛇がうねくるように背中の筋肉が波打った。

背中のみならず。腹筋や臀部《でんぶ》にかけてさえ、それは変わりない。

徹底的なほど隅々《すみずみ》まで、丹念に鍛《きた》え上《あ》げられているのは明らかだった。

つまり、一糸たりとも壮漢は纏《まと》っていなかったのだ。さきほどまで着ていたジャケットとスラックスは丁寧に折りたたまれ、傍《かたわ》らに置かれている。その上に、一枚の可憐《かれん》な蠟梅《ろうばい》が添えられていた。

壮漢は陰部さえ隠さず、堂々と膝《ひざ》に拳《こぶし》を据《す》えている。

冬の最中《さなか》だというのに、その肌から湯気が立つように思えた。

障子《しょうじ》を隔《へだ》てた庭から、こーん、こーん、と鹿威《ししおど》しの音が一定周期で聞こえてくる。奥には神棚が設けられており、隣には何かの草書が墨痕淋漓《ぼっこんりんり》と掲げられていて、人を寄せ付けぬ格調高さに貢献していた。

ほどよく古びた、和風の屋敷《やしき》だった。

ざっくりと二十畳は超えるだろう部屋で、乾いた空気がぴんと張りつめている。

しばらく畳を替えてないらしく、ほんのかすかにすえた臭いがした。

屋敷の立派さとは不釣り合いな臭いだった。人が住んで、定期的に空気を入れ換えるだけでも、こうした事態は避けられるものだ。まして庭に面した部屋でこうなっているなら、もっと奥まった倉庫や床下がどうなっているかは、あまり想像したくなかった。

遠くから、祭り囃子《ばやし》が聞こえる。

もうじき、夕暮れの時間だ。

ほの赤い、郷愁を呼び起こす彩《いろ》が、障子越しにも窺《うかが》えた。

近くの神社はさほど大きくはないが、地域とほどよく密着できており、そこそこの参拝客を集めている。古式ゆかしい音頭《おんど》に合わせて、太鼓を打つ音が届く。いくつになってもほろ苦く、腹の底に響く音。

子供たちのはしゃぐ声も、同じように届いた。

その音を聞きながら、すう、と壮漢が視線を動かす。

――そうだ。

さきほどの言を、ひとつ訂正せねばなるまい。

一糸たりともと言ったが、ひとつだけ、壮漢の体にまだ覆《おお》われている箇所があった。

左眼だ。

額を斜めに横切って、飴色《あめいろ》の革が壮漢の左眼を覆っている。

眼帯である。

簡素な装飾のなされた、綺麗《きれい》な眼帯だった。

ともすればおとぎ話の海賊あたりがしてそうな小道具が、壮漢のそれに限っては、装飾や縫製に見られる丁寧な仕事ゆえか、妙にフォーマルな品に映った。

経年変化した革の色合いが、また艶《なま》めかしい。

ほどよく手入れされているようだった。

太い首ごと、壮漢の隻眼《せきがん》が斜め後ろを向く。

顔つきに比べれば、視線はどこか柔らかだった。穏《おだ》やかな虎《とら》に似た風情がある。つまるところ、睨《にら》まれる側にとっては獲物と同じ気分を味わうということだろう。

「――ぼ、僕は脱ぎませんよ、九鬼《くき》さん！」

と、いまにも頭から丸かじりされそうな声があがった。

1

「――ぼ、僕は脱ぎませんよ、九鬼さん！」

視線を向けられて、夏芽勇作《なつめゆうさく》は無様《ぶざま》に狼狽《うろた》えた。

据えられた隻眼は、いつもながら一切揺るぎない。意外と大きな黒瞳《くろめ》が、自分のひきつりまくった表情を、磨《みが》かれた鏡みたいに映していた。もともと童顔気味なのが気になってるのだが、量販店で買った白地のシャツとアメカジのジーンズも、この和室とまるで似合わなくて居たたまれない。

（つか、なんで九鬼さん平気な顔してるの！　冬だよ！　シャツ着てても寒いよ！　いや、そもそも素直に脱ぐほうがおかしくない⁈）

必死な思いは、ただ空転する。

勇作という名前は、昔『探偵物語』にハマっていた父がもじってつけたそうだが、往年の名優が醸《かも》し出《だ》していたような野性味もカリスマも自分にはない。そんなものがあれば、もう少しマシな進路を選べただろう。振られ続けた就職活動からまかりまちがって、こんなところに辿《たど》り着《つ》くこともなかったはずだ。

（いやいやいや、これってブラック企業っていうにもおかしいでしょ！　新人にやらせるような仕事じゃないでしょ！）

一言でも抗議したいのだが、口はぱくぱくと無音で開閉するばかり。

何かしら発音するための機能が、根こそぎ失われてしまったようだ。そうでなくても、威圧的・暴力的な香りにひたすら弱い勇作なのだが、こんな異常な状況では一瞥《いちべつ》で石のように固まってしまう。

そして、もうひとり。

「……おのれら」

と、低く呻《うめ》くような声があがったのだ。

露骨な敵意と恫喝《どうかつ》を込めたそれは、和室を苛立《いらだ》たしげに這《は》った。

びくうっ、と勇作の肩が震える。

「何、わけの分からんこと言うとんや」

横柄にあぐらを掻《か》いた角刈りだ。

こちらももちろん衣服は着たままだが、とにかく下品な色使いだった。警戒色の水玉シャツなんてどこで売ってるのだろう。擦り切れた革ジャンもヴィンテージというよりは単に扱いが悪いだけだ。つまるところ、ヤのつくお家柄である。

対して、黙ったまま、九鬼は隻眼を向けた。

その迫力に気圧《けお》されて、角刈りの声が露骨に勢いを削《そ》がれた。

「お、おのれらがこっちを無視しとるからやろ！　ジンカンとかなんとか、聞いたこともあらへんわ！　変な壺《つぼ》でも売りつける気なんか！」

反発しつつ、かすかに前のめりになった膝の上で拳を強く握る。

わけの分からないながらも、むかつく相手なら暴力に訴えようという腹積もりだ。少々鍛えてるようだが、そんなやつほど一発かましてやれば怯《おび》えるものだ、と経験則で踏んでいるのだろう。

いざ立ち上がらんとしたとき、香りの良《い》い何かが突き出されたのだ。

可憐な、黄色い蠟梅の花であった。丁寧に折り畳んだシャツとジャケットの上に、九鬼が一枝の花を置いていたことを、勇作は思いだした。

「蠟梅の花言葉は、ゆかしさだそうです」

初めて――落ち着いた太い声が、和室に発せられた。

けして大きくはないのに、体の芯《しん》までびりびりと響いた。岩のごとく正座した重さが、そのまま声音にも乗っているようだった。眼球はまっすぐ角刈りを捉《とら》えたまま、割れた腹筋が新たに動いた。

「本日は突然まかりこしましたので、この花にちなみ、なるべく礼を尽くそうと思っておりました。ですので、ずっとこの部屋で待っておりましたし、怪しいものを持ち込まぬよう脱げとおっしゃったから、お言葉のとおりに脱ぎました。けして無視したつもりはありません」

至極丁寧に、九鬼が言い添える。

こうした場合、礼儀とは隙《すき》のなさに通じる。さりげない所作のひとつひとつまで九鬼の意識が充溢《じゅういつ》していることは、いかに角刈りが不調法だろうが通じてしまう。

実際、相手の勢いが削がれたことに、勇作は目を剝《む》いた。

「ドスの一本でものんどるかもしらんのに、オヤっさんに会わせられるか——と、言ってましたね」

あくまで丁寧に、九鬼は囁《ささや》いた。静かな口調なのに、さきほどの角刈りの恫喝よりもずっと芯に響く声だった。

それから、

「でも、本当は少し違う」

と、付け加えたのである。

「もともとはあなたじゃなく、その親分さんが言ったんじゃないですか？　自分に会うヤツがいるなら、何もかも脱がせておかしなものを持ち込ませないようにしろって」

「そ、そうや」

「なるほど。いささか極端ではありますが、ヤクザという稼業からすれば身体検査自体は奇異なものでもない。あなたも納得したでしょう。まあ、ほとんどの者は怒って話にならないでしょうが、少なくとも追い返す口実にはなる。——ですが、ここでもうひとつ質問が」

　続けて、九鬼が問うた。

「親分さんのご体調は、とある刀と関係してるんじゃないですか」

　今度こそ、たまらず角刈りは呻きを漏《も》らした。

　まるで、バケモノでも見るような目で、こう訊《き》き返したのだ。

「……なんで、そんなん知っとるんや」

「ご同業だからですよ。いえ、この場合は同好の士でしょうか」

　諭《さと》すように穏やかに、九鬼がうなずいた。

「今度こそ、親分さんに伝えたほうがよろしい。ジンカンが来たと」

「またそれか！　だから聞いたこともあらへんって」

「そのまま伝えてくだされば」

しかつめらしい顔のまま言った九鬼に、半信半疑の様子で角刈りが立ち上がった。襖《ふすま》を開いて出て行った後、むせかえるように何度か胸を叩《たた》いて、慌てて勇作は話しかける。

「く、九鬼さん」

「ずいぶん人の好《よ》い方ですね。そう思いませんか、夏芽さん」

それこそ人を食った感想に絶句すると、九鬼は唇を歪《ゆが》めた。

多分微笑したのだと思う。およそ人を安心させるにはほど遠い、厳格さに満ちた表情ではあったけど。

「大丈夫ですので、落ち着いて座っていてください。それより、夏芽さんも何か気になるところありましたか?」

「その……いえ、さっきから、ちょっと腐ったような臭いはしますけど」

「なら、よろしい。あなたに来ていただいた甲斐《かい》がありました」

ひとつうなずいて、裸のまま九鬼は視線を戻す。

数分ほどで、角刈りが戻ってきた。

苛立ちと困惑が半分ずつの表情でがりがりと頭を搔いて、改めて口を開く。

「服を着直して、部屋に入ってええそうや。その前に、あんたの眼帯も見させてくれるか」

「どうぞ」

あっさりと、九鬼が眼帯を外した。

その内側には、黒く潰《つぶ》れた眼窩《がんか》があった。喉《のど》を低く鳴らしつつ、角刈りはさっさと眼帯をチェックして、何も仕込んでないのを確認してから返す。

「変な紙切れ一枚でも持ち込ませるな言われとる。そっちの兄ちゃんも入っててええけど、入り口から絶対動くなっていうことや」

「……わ、分かりました」

こくこくと、勇作がうなずく。

九鬼が手際よくスーツを着直し、一緒に襖の向こうへ出たところで、角刈りの小さくこぼす声が聞こえた。

「ジンカン……って何なんや?」

(本当だよ!)

心底で、精一杯に、勇作は切ないまでの同意を叫んでいた。

2

その老人は、日当たりの悪そうな窓際のベッドで、上半身を起こしていた。

気むずかしそうな皺《しわ》を眉間《みけん》に寄せたまま、冬の庭を見つめている。ここしばらくは庭師が入ってないのか、雑草の伸び放題な庭だ。とりわけ立ち枯れした松が寒々しく、乾いた風に枝を揺らしていた。

手には、一冊の本を持っている。

英語の古書らしかった。

なぜだか、似ているな、と勇作は思った。アルファベットのすりきれた表紙と、この老人の印象とが奇妙にかぶっていた。いや本だけじゃない。部屋に立ちこめている、白檀《びゃくだん》か何かのべったりと甘い香りも、不思議な印象を助長させている。まるで、この部屋そのものがベッドの老人と癒着してしまっているような臭《にお》い――ぱちぱちと頭の裏で火花が散るみたいな――

「ベッドはあかんな」

老人の言葉に、勇作の妄想が断ち切られた。

「体は楽やからって、医者に勧められたけど風情があらへん。だいたい和室にベッドってなんやねん。畳が痛んでしゃあないわ」

「お察しします」

言い訳みたいな台詞《せりふ》に、九鬼がうなずく。

それから、ゆっくりと老人はこちらを振り向き、勇作をちらりと、九鬼をしばらく見つめてから、改めて尋ねた。

「……あんたが、ジンカンか？」

「はい」

と、九鬼が肯定する。

上品なブリティッシュスタイルのスーツを着込んでも、逞《たくま》しい印象は変わらない。むしろ堅固な鎧《よろい》でも纏った雰囲気があった。深々と頭を下げて、一枚の名刺を差し出した。

「宮内庁神祇《じんぎ》鑑定人・九鬼《くき》隗一郎《かいいちろう》と申します」

「……神祇鑑定人。略してジンカン、な。本当にいたんか」

名刺を手にして、九鬼の言葉を舌の上で転がすように、老人は繰り返した。

「若い頃、何度か聞いたわ。重要文化財を指定するのは文部省のチームやけど、それとは別に宮内庁に出入りしてる業者の中には、『特別な文化財』を蒐《しゅう》集《しゅう》するための組織があるって。ああ、文字どおりに神祇を鑑定するんやって？」

「場合に応じて、ですが」

言いながら、九鬼の長い指が、ぬらりと艶めいた眼帯の表面を撫《な》でる。

「私どもは宮内庁より指定を受けて、周辺に予期せぬ事態を招きかねない特殊文化財を調査させていただいてます。その業務においては、所有者様の許可を受けた上で鑑定し、管理の是正を指導させていただくこともありますが、あくまで必要と判断した場合のみです」

神祇とは、この国の神様のことだそうだ。

明治時代初期には、神祇官（神祇省）なる役所が存在した。これは開国したばかりの日本で、天皇の権威を確立するため、古代からの祭祀《さいし》を復活させ、仏教や海外の宗教と複雑に入り混じってしまった神道を本来の姿に戻す——といった組織だったらしい。

歴史を経《へ》るとともに、この神祇省は何度も形を変えて、今は宮内庁に移管されている。

そして、九鬼たち神祇鑑定人こそは彼らの末裔《まつえい》であり、この国に入来した霊妙なる品々を鑑定しているのだと。

ああ、小難しいことを言ったが、勇作の理解ではつまりこうだ。

特殊文化財。

誤解を恐れずに言えば、呪《のろ》いや霊障を招く骨董《こっとう》品専門の鑑定人。

普通に聞けば、眉唾《まゆつば》どころかたちまち塩を撒《ま》かれかねない、胡散臭《うさんくさ》いことこの上ない職業こそ、今の勇作の仕事なのだった。

ふん、と老人が鼻を鳴らした。

「長ったらしく、言い訳ばっかり並べよる。んで、何の用でわざわざうちに来たんや」

「おおよそ、想像どおりかと」

九鬼の視線が動く。

和室の一角には小さな神棚が据えられ、徳利や皿が供えられていた。香炉と思《おぼ》しい瀟《しょう》洒《しゃ》な白磁もさりげなく置かれている。さきほどからの香りは、この香炉から立ち上っていたのだろう。さらに、すぐそばの床の間には達筆でものされた掛け軸と——

ああ、そこが一番の異常だった。

普通なら配される日本刀は一振りか、脇差《わきざ》しとセットで二振りぐらいだろう。武者鎧を置く場合もあるらしいとか、少なくとも時代劇あたりでの勇作の知識はそんな感じで止まっている。だが、床の間に置かれた日本刀は大小二十数本にものぼり、横、縦、斜めと縦横無尽に張り巡らされて、まるで要塞《ようさい》のごとき様相を呈《てい》していたのだ。

刃《やいば》の城、とでもいうべき床の間だった。

それらの調度を見てから、ごつごつした男らしい指が、空中に弧を描く。何かの印みたいな形に、老人の眉がひそめられるのを見てから、九鬼はこう尋ねた。

「ご老人も、まの字をおやりになるんでしょう?」

「隠語か。お役所仕事みたいなこと言いよるな」

老人が舌打ちする。

ちぇ、ちぇ、とまるで子供が拗《す》ねるようだった。

「ええ。お役所仕事ですから」

至極《しごく》当然とばかりに、九鬼がうなずく。

「だから、来るときに服を脱がせたんでしょう? でも、あまり形式にとらわれすぎるのはよくないですね」

「なんやて?」

「昔の拝み屋はよくやりましたけどね。本当に呪われる危険を感じているなら、脱がせたぐらいじゃあまり意味がない」

くい、と九鬼は自分の喉元を指さした。

「必要なら、呪符《じゅふ》の一枚でも呑《の》み込《こ》んでくればいいんです。それで十分まの字として目的は果たせる。なんなら歯や舌を使っても、呪いは成立します。なんなら、さっきの名刺に仕込んでてもいい。どっちにしても、身体検査させるなら専門家じゃなきゃ意味がありません」

「……かっ」

と、老人が声を漏らした。

どうやら笑っているようだった。枯れ木のような肩が上下した。

しばらくして、その視線が異質なものを滲《にじ》ませた。

「いきなり来て、老いぼれを素人《しろうと》扱いするんか」

(………ひっ?!)

喉がひきつるのを、勇作は覚えた。

言われたとおり、部屋の入り口で立ち尽くしているのだが、それでも十分に感じられるほどのこわい、もの、を、老人の声音は漂わせていたのだ。

たとえベッドに伏していても、けして他人に侮《あなど》らせないだけの何かが漲《みなぎ》っていた。

「見るか」

老人が顎《あご》をしゃくった床の間に、さきほどの日本刀が置いてあった。

「刀が好きでなあ。とにかく昔から目がない。珍しいものを見ればどうしても欲しくなる。刀もええし、そこに付随した物語も好きや」

皺の数を倍にもした笑顔から、茶色い歯が剝き出しになった。

刀を見守るその瞬間だけ、老人の表情から険《けん》が抜けるようにも思えた。

近づいた九鬼が近くの一本を手に取って、無造作に抜きはなつ。唇を引き結んだまま隻眼を細め、間近に刃を見やる。ぬらりと光沢を帯びたその肌に、壮漢は低く囁いた。

「見事なものですね。——なるほど湾《のた》れ刃に互《ぐ》の目、地は板目肌で焼き出しは腰刃《こしば》。小笠原《おがさわら》流の剣相術では使用者の高慢を招き主君を傷つけるゆえ不吉と断じられた代物《しろもの》ですか。あるいは歌舞伎《かぶき》にいわく籠釣瓶《かごつるべ》。水もたまらぬほどによく切れると。美しさよりも実用性を重んじた、かの村正《むらまさ》の一派にふさわしい」

つらつらと言う。

前半は刀に対しての目利き、後半は刀にまつわる蘊蓄《うんちく》らしい。どうやら、九鬼は最初から刀の正体について目星をつけていたらしかった。

村正。

（……って、よく妖刀《ようとう》とかなんとか言われてるやつ）

自分がスマホで遊んでるゲームを思い出しつつ、勇作が肩越しに刀を覗《のぞ》き込む。質実剛健なつくりに、刃が殺してきた人々や、妖刀として持ち主を誘惑してきた歴史が思い起こされるようで、眩暈《めまい》のような心地さえした。

「おうおう。それがジンカンの狙《ねら》いか。そりゃぴったりやな」

「ご冗談を」

と一笑して、九鬼が鞘《さや》に戻した。

「村正が妖刀だなんて俗説もいいとこです。徳川《とくがわ》三代に祟《たた》ったからなんて言われるが、そもそも村正は三河《みかわ》からほど近い桑名《くわな》で打たれていて、徳川家ゆかりの武将が愛用した品でしょう。四天王である本多忠勝《ほんだただかつ》たちにも一派の作品がありますし、村正そのものからして、家康《いえやす》の遺産としても残っているぐらいだ。まあ、歌舞伎の受けがよすぎただけですね。今なら漫画やゲームの作品を本気にするのと同じですよ」

（え?!）

あっさりと幻想を粉々にされた勇作をよそに、九鬼が続けた。

「My Self. Montashigi, third of his family, fashioned it Five hundred years ago, about it lie Flowers from I know not what embroidery ——」

突然滑《なめ》らかな発音で、どうやら詩文と思しき一節を口にしたのである。

韻《いん》を踏んだ音律が和室に響き渡り、穏やかに九鬼が老人へと問いかけた。

「そちらの御本でしょう?」

「……………」

やはり、老人は何も言わない。

ただ、半《なか》ば白濁した瞳で、じっと九鬼を見つめていた。

「ノーベル賞も取った文学者ウィリアム・バトラー・イェイツが残した業績は、ご存じでしょう。それとも、お恥ずかしながら、こちらもお話ししたほうがいいでしょうか」

「……いらんわ。その名前が出るんなら、来る前におさらいしてきたんやろ」

けっ、と老人が吐《は》き出《だ》す。

「魔術がまの字か。ほんま、お役所らしい言い方やわ。きしょくてたまらん」

嫌みたらしく呟《つぶや》いてから、老人はさきほどの本を表にした。

タイトルは、『W. B. Yeats Poetry《イェイツ詩集》』。

指摘どおり、ウィリアム・バトラー・イェイツの詩集だった。

「イェイツは一八九〇年三月から、イギリスの魔術結社〈黄金の夜明け〉に所属していた。ただの歴史的事実やな。ブラヴァツキー夫人率いる神智学《しんちがく》協会にも入団していたし、一時期は〈黄金の夜明け〉の指導者もやってたぐらいの筋金入りや。彼の作品と近代魔術についてなら、そこらの文学者がなんぼでも語ってくれるやろ。——名刀、備前長船元重《びぜんおさふねもとしげ》についてもな」

喉を軋《きし》ませるようにして、老人が喋《しゃべ》る。

勇作も後で知ったことだが、かの大詩人は奇妙な遍歴においても人後に落ちなかった。つまり、魔術結社である。これは冗談でも都市伝説でもない。当時、つまり十九世紀末から二十世紀初頭においては、心霊主義が勃興《ぼっこう》し、欧米の文化人たちをあまねく魅了した時期だった。カール・グスタフ・ユング、トーマス・エジソン、コナン・ドイル、マーク・トウェイン、ルイス・キャロルなど、魔術やオカルトに傾倒した偉人は枚挙に暇《いとま》がない。イエイツもまた例外ではなく——いいや、むしろその筆頭として扇動してきたと言っても良かった。

そして、それが九鬼の目的でもあった。

「さきほどの『A Dialogue of Self and Soul』《自我と魂の対話》の中でMontashigiと記述されてますね。元重の発音を誤解していたのだと言われてますが」

と、指摘した。

「私の自我。三代元重が五百年前にこの刀を鍛造した。もはやどのような刺繍《ししゅう》の一部だったかは知れないが、花模様の布が飾られている——直訳すればそんな詩やな」

「ええ。とある日本の外交官から彼に贈られた短刀。本来ならば、イェイツの故郷である
ダブリン国立図書館に所蔵されているはずでした」

遠くアイルランドの文豪と日本刀との意外な組み合わせに、勇作がこっそり仰天してい
ると、九鬼はもうひとつ言葉を付け加えた。

「お話しいただきたいのは——あなたが手に入れた、イェイツの日本刀についてです」

歴史が、目の前で身をもたげたような感覚。

自分の立っている場所も過去と接続しているのだという、当然の認識。現実も幻想もな
いまぜになって、足下がぐらぐら揺らぐような錯覚。

しかし、

「遅すぎやろ」

と、老人が笑う。

ぎりぎり、と歯の軋む音が聞こえた。年齢を考えれば、歯茎が押しつぶされるのではな
いか、と恐怖してしまうほどだった。

しばらく時間をおいて、萎《しな》びるように首を曲げて、老人は乾いた声を押し出した。

「わしはな……それを奪われたんや。もう三ヵ月ほども前にな」

勇作の胸の中で、何かがうっすらと瞼《まぶた》を開いた気がした。

——夜、一輪の花が開くように。

3

夏芽勇作は、二度フラれた経験がある。

一度目は高校時代、二度目はたった数ヵ月前。どちらも理由は同じで、「夏芽くんはあたしのことちゃんと見てくれてない」と異口同音に言われたものだ。勇作にしてみれば、どちらも十分好意を持っていたし、フラれた後は一ヵ月ぐらい落ち込んでいたのだから大いに反論したいところなのだが、再会すれば間違いなく困ったような愛想笑いを浮かべるしかできないだろう。

つまるところ、そんな自分が勇作はうんざりだった。

こうして道を歩いていても、あれこれと思い出しては悩み、切ない気持ちをどうにもできず、肩まで重くなってくる。

（おばあの、あんもち食べたいなあ）

ふと四国の実家を思い出して、甘いあんこの味が口腔《こうこう》に浮かんだ。

真っ白なもちを嚙《か》みしめると、隙間《すきま》からはみ出てくるしっとりした甘み。小豆《あずき》ともちとが口の中で絡まって、ついついいくつも頬張ってしまいたくなるあの食感。なお地元では正月の味噌汁《みそしる》にもあんもちを入れるのだが、東京で話すとぎょっとされるため、実家の話題は持ち出さないようにしている。勇作にしてみればあれほど特別で心を満たしてくれるものはなくて、周囲にもすすめていたのだけど、ついぞ受け容《うい》れてくれる相手はいなかった。

冬の小路《こうじ》であの匂いを思い出しただけで涎《よだれ》が出るぐらいなのに、食事の喜びを誰とも共有できないというのは、自分でも意外なほど気持ちを寂《さび》しくさせるのだった。十二月らしく賑《にぎ》やかなクリスマスの音楽が、また辛《つら》さを加速させる。

とぼとぼ歩いてるうちに、もぞもぞとコートの懐《ふところ》が動いた。

「ああ、こらお前ら、やめろ！」

「にゃあ」

「んにゃ！」

鳴き声とともに、コートの合わせ目から白と黒の子猫が顔を覗かせたのだ。

さきほど、つい拾ってしまった子猫たちだった。アパートの前でいまどき段ボール箱に打ち捨てられており、この冬の寒さでぐったりしていたのがずっと頭の隅にこびりついてしまって、十分以上進んでいたところから駆け戻り、たまらず二匹とも確保してしまっていたのである。幸い怪我《けが》や病気などはしていなかったみたいで、ひとまず懐にいれているき起こしたわけだ。

とぽかぽかと暖かかったものだが、その暖かさで元気を取り戻したらしく、今の惨事を引き起こしたわけだ。


「ちょっと、お前ら、コート引っ掻くなって！　先週買ったばかりなんだから！」

抗議の声も届くはずがなく、勇作の胸から腹へ、腹から腕へと気ままに駆け上り、二匹の子猫は勝利と自由を謳歌《おうか》している。

「ううぅ……」

すっかり懐《なつ》かれてしまったので、諦《あきら》めてされるがままになっているのだが、とにかく周囲の視線が痛い。じっとしていてくれれば、昼休みにでも餌《えさ》を買いに行って、なんとか一日やりすごそうと思っていたのだけれど、どうしよう……。

子猫たちのいたずらに耐えつつ、背中を丸めて歩いていると、自然に足が止まった。

開けた路地の向こう側に、いかにも昭和からという感じの古ぼけたビルがあったのだ。

入り口に設けられた看板にも空きテナントがいくつか見られたが、中でもとりわけ小さなひとつに『宮内庁指定業者　ＳＴＣ《Social Trans Culture》センター』ともっともらしく刻まれていた。

（……ああ、今日もついちゃった）

と、顔を押さえる。

とはいえ、行き場もない。

田舎《いなか》から逃げてきて、大学でうまくいかなくて、恋愛も就活も無惨《むざん》な結果を露呈《ろてい》しまくったあげく、やっとのことで滑り込《すべこ》んだのがこの会社なのだから。もう一度エントリーシートを量産して面接を受けまくれなんて言われれば、もう首をくるしかない。

結局のところ、子猫らを見捨てられなかったのも、そんな心の動きだろう。どうにもこうにもうまくいかないのだけど、子猫が捨てられた経緯だって多分似たようなもので、それを見限ってしまえば、自分のことまで見限った気分になってしまうから。

なんとも勝手な感情移入だとは、思うのだけど。

「……にぁ？」

「いいから、昼休みまでじっとしててくれよ」

深呼吸ひとつ。

諦め気分を噛み殺しつつ、子猫たちを懐に押し戻す。

おざなりな感じでついたビルのセキュリティに社員証をかざして、エレベーターも故障しているため、五階まで徒歩で上る。地味に膝が辛い。薄汚れた廊下を曲がって扉を開くと、安っぽいながらに案外片づいた事務所が広がっていた。

「——おお、勇作くん！」

一番奥のデスクから、ぶんぶんと手を振っている四十代後半と思しい禿頭《とくとう》は、日暮《ひぐらし》部長だ。皺の寄ったキャメルのスーツを着て、だらしなく椅子《いす》にもたれかかっている。

そして、すぐ脇のデスクに、さきほどからずっと考えていた相手がいた。

「……九鬼さん」

「おはようございます。夏芽さん」

ぴしりと音を立てそうな謹厳さで、九鬼が隻眼の視線をあげる。

この会社に就職してもう三ヵ月ほどになるが、勇作は九鬼が自分の後に出社するところを見たことがない。最初の頃は新人なんだから最初に出勤しようと相当頑張ったのだが、一時間以上早く出てきても、当たり前のように資料を読んでいる九鬼を発見して、愕然《がくぜん》とするばかりだった。

雑然としてやたらと本が多く、半ば調度が本に埋もれているような事務所なのに、ゴミらしいゴミが見あたらないのも、彼によるものなのだろうか？

そんな考えに耽《ふけ》っている内、九鬼が隣へと呼びかけた。

「ところで部長、そちらの資料を見ていただけましたか」

日暮が、示唆《しさ》されたレポートに目を落とす。

最初の数文を見終わったあたりで、九鬼が言い添えた。

「三日前の、田頭《たがみ》宅についてですが」

「ああ、イェイツの刀が無くなったとか言ってたヤツやろ。いやまあ、ささっと資料は読んだけど、なあ」

腕を組んで、日暮が短い眉をひそめる。勇作も分かってきたのだが、これはつまり面倒臭いことは可能な限り避けたいという構えだ。

気にせず、九鬼は説明を続ける。

「レポートに添付《てんぷ》したとおり、保護優先度はC。要経過観察と考えます」

「ヨウカンかあ……」

難しそうに、日暮が薄い眉を寄せる。ついでに薄い唇まで尖《とが》らせて、ボールペンの尻《しり》でつんつんと資料を叩く。

「九鬼くん？　そこ、もうちょっとまかんない？　うちらの仕事は『トクブンをこちらで保護するか、正しく管理してもらえるよう指導するか』なんだから、無くなったーって言ってるんならもう放っておいていいじゃない？　だいたいヨウカン増やしてもうちの評価あがらないでしょ？　ノルマ果たさないと宮内庁の査定厳しくなるのよね。ほら、そうでなくても最近使途不明金についての糾弾とかアレでしょ？　僕のストレスとか大変なことになっちゃうでしょ？」

「では、こちらを」

しかつめらしい顔で、胸元からするりと一輪の淡紅色の花を差し出したのだ。

「ニオイテンジクアオイ――ローズ・ゼラニウムです。こちらについた葉の香りがストレスに効くと有名ですが、なんでしたらハーブティーもお淹《い》れしましょうか」

「解決してほしいのは、ストレスの源《みなもと》のほうだよ?!」

ふんがーと椅子ごとひっくり返りそうな勢いで、日暮が天井を見上げる。そのまま頭を巡らせて、今度はこちらを指弾したのである。

「あのさあ勇作くん！」

「はっ、はい！」

直立不動になったところに、日暮部長が九鬼を指さしつつ、口角沫《あわ》をとばす。

「ちょっとは九鬼くんを止めてよ！　この人ってば融通利かないんだから、君のほうで止めたり、いやそれは無理でもなんかうまいことやって目を逸《そ》らしたりしてくれないと――って、なんだそれ！」

「あ、あ、す、すいません。ちょっと来る途中で拾って」

慌ててコートのあちこちをまさぐるより早く、白と黒の影が飛び出した。

日暮の叱責《しっせき》に反応して、コートの内側から子猫たちが再び抜け出たのである。床に着地して走りかけた白猫を捕まえると、今度は黒猫が勇作の足の間を走り抜け、しっちゃかめっちゃかに跳ね回った。

「待って待って、ちょっと待って！」

「は？　猫を拾った？　君ね、職場をなんだと思って！」

言いかけた部長が、ぐるんと椅子ごと回転した。

メリーゴーラウンドよろしく、くるくるとまわった部長は、年齢と性別と禿頭とその他もろもろさえ考えなければ、古い時代劇の芸者めいていた。唖然《あぜん》とした勇作が身をひいたところに、潔い直線を引いて、綺麗な手が伸びた。

「失礼したかな。部長」

と、その手のひらがつるりと禿頭を撫でて、回転を停止させる。

ひときわ背が高く、すらりとした人影だった。トラッドなフォルムのスーツも、野性的なプロポーションを隠しきってはいない。片手に珈琲《コーヒー》カップを手にしているのは、おそらく最前まで給湯室にいたためだろう。

「な、何をするんだ鮫童《さめどう》くん」

「だって新人に無茶いってるんだろう？　辞められても知らないぞ。ただでさえブラック企業に厳しいご時世だってのに」

実に清々《すがすが》しい声で唇の端《はし》を歪める鮫童薫子《かおるこ》を、勇作は茫然《ぼうぜん》と見つめていた。就職以来、こんなやりとりにも何度となく出くわしているはずなのに、いまだ眼前で繰り広げられると、眩暈を覚える。

「ああもう、鮫童くんは！」

それでいて撫でられた禿頭に嬉《うれ》しそうに触れてるのは、日暮にM気質でもあるのかもしれない。集まった視線に気づいてか、誤魔化すように鼻息を荒くして、居丈高《いたけだか》に言い放ったものである。

「だいたいブラック企業とかコンプライアンスとか愚か者の戯《ざ》れ言《ごと》です！　世が世なら、うちこそが行政機関の筆頭だったんですよ！　たとえ総理大臣だって一目おかなきゃいけなかったんですよ！」

「はいはい。部長のいつものヤツは結構だ」

ひらひら、と薫子が手を振った。自分のデスクに座ると、足下に丸まっていた黒猫の首元をつまみあげる。

「ほれ、そっちもよこせ」

と、勇作に向かって、顎をしゃくる。

「え？」

「だから猫だよ。アタシが預かってやろう」

まさかそんな助け船をよこしてくれるとは思わなかったので、きょとんとしたまま胸元の白猫と交互に見比べてしまった。

「……食べませんか？」

「食べるかもな。なんせ、こちとら名前が鮫だ」

鋭い糸切り歯を覗かせた薫子から、猛烈な勢いで白猫を遠ざける。

「冗談だよ。だいたい猫食は人類圏でも稀《まれ》な行為だぞ。人間と親しいし、犬と違ってとにかく喰《く》うところが少ないからな。アタシだってまだ試したことがないんだ」

「鮫童さん！」

「だから冗談だって。あんまりカワイイ反応してくれるな」

くつくつと肩を揺らして、薫子がひょいと勇作の白猫を持ち上げる。

しばし前脚を振って抵抗していたが、それもじろっと薫子が睨《ね》めつけると、もう一匹の黒猫とともに大人しく丸まった。勇作からすれば、自分の懐でもそうしてくれてればよかったのにと嘆かざるを得ないが、これも人徳なのかもしれない。

「で、部長。こっちも一昨日からレポート出してるんだけど、判子はまだかな？　そろそろトクブンの鑑定に行きたいんだけど」

「そっちは上の判断待ち！」

無視された格好の日暮部長が、憤然とそっぽを向く。

この四人に不定期の数人を加えたのが、勇作の入社した有限会社ＳＴＣセンター神祇管理部のメンバーだった。

あるいは、あの老人にジンカンと呼ばれた人々。

「──夏芽さん」

と、鋼《はがね》のような声をかけられた。

無論、九鬼である。きゅっとネクタイを締め直し、軽く首を左右に振ってから、壮漢は我先に事務所の扉へと足を向けた。

「今日は、外回りから行きましょうか」

そう言って、ぽんとこちらの背中を叩いた。

妙に安心する、優しい叩き方だった。

胸元に挿した——ローズ・ゼラニウムと話していた生花が、とてもいい香りをしていた。

4

九鬼の歩き方は、独特だ。

何がというわけじゃないのだけど、頭のてっぺんから足下まで、ぴしりと鉄芯が入っているように見える。確か、バレリーナは天から糸で引っぱられているような歩き方を意識するそうだが、なんだかそんな風だった。けして肩で風を切るなんて感じじゃないけれど、独特の潔さが彼の足取りには備わっている。

ただ、住宅街を歩いているだけだというのに、颯爽《さっそう》としていて。

勇作にしてみれば、それは浅く胸を引っ掻かれるような痛みを伴っていた。

（……こんな風だったら、もっと楽だったかなあ）

女々《めめ》しい考えに、つい思いを馳《は》せてしまう。

格好いい人の後ろを歩くのは、少し後ろめたい。申し訳なくて、その影にずぶずぶと埋まってしまいそうな気分。頭の後ろを押さえつけられるような錯覚に耐えつつ、それでも訊いてみる。

「ところで、外回りっていうのはどちらに？」

「もちろん、田頭さんのところですよ」

「あの、親分さんの」

緊張に、身が引き締まる。屋敷では九鬼の背中に隠れていたものの、それこそ喉が干上がって、このまま気絶してしまうんじゃないかと思ったほどだった。

「――でも、無くなったのなら、日暮さんは放っておけばいいって」

保護するか、正しく管理できるよう指導するかが仕事なんだから、相手が無くなったと主張してるなら放っておけばいいと言っていた。

すると、九鬼はあっさりと返したのだった。

「つまり、確実に特殊文化財が存在してると、我々が突き止めればいいんでしょう？」

「………」

なんとなくそう来るとは思っていたが、あまりに気負いのない態度に、ついため息が出そうになった。どうして自分とはこうも違うんだろう。どうして……

「九鬼さんは、どうしてそんなに」

思考が、口からこぼれてしまった。

かあっと耳が熱くなったが、一度出した言葉は戻らない。しかも、仕事だからとかそんな返事を想像していたら、もっと意外な返事が戻ってきた。

「夏芽さんは、どうして今日猫を拾ってきたんです?」

「え? それは……」

「多分、似たようなものだと思います」

分からない。

勇作からすれば、単にあの猫たちが見捨てられなかっただけだ。失敗づくしの自分と捨てられた猫をうっかり重ねてしまったのは、自分の勝手な感傷によるものだが、そんな部分が九鬼にあるとは思えない。

しかし、それを尋ねるより早く、九鬼はこう続けたのだ。

「外回りのつもりでしたが、どうやら、向こうから来てくださったようです」

視線をあげた先に、厳《いか》めしい人影が佇《たたず》んでいた。

「——見つけたで」

「あ……っ」

と、声を詰まらせてしまった。

あのとき、屋敷で会った角刈りだった。老人の屋敷で最初に出て来て、九鬼に服を脱ぐよう迫ったチンピラだ。一張羅っぽい革ジャンの下には、今度はなにやら間違った英語と漢字を大書した柄シャツを着ていた。寒そうな気もするのだが、そこは気合で凌《しの》いでいるようだ。

三白眼気味の目で、こちらを睨みつけていた。

「……あ、あの」

お礼参り、という言葉が最初に頭に浮かんだ。

実際、角刈りの態度は明らかに威圧的だった。浮世絵よろしくつきだした顔にも瞳にも、尋常ならざる決意が満ちている。

「おのれらが、妙なこと吹き込んだんやろ」

「みょ、妙なこと？」

「ふざけんなや！　ここまできて、すっとぼけるんか！」

唾《つば》混じりの怒鳴《どな》り声が、こちらの顔を叩く。

ひきつった形相は端《はな》から会話など拒絶していて、大股《おおまた》にこちらへと歩み寄ってきた。

「おのれらがなんや知らんけど、ここでぐちゃぐちゃにするぐらいはできるんや」

ぐんと、角刈りが拳を振りかぶった次の瞬間、異変が生じた。

勇作が、瞬《まばた》きした。

いつのまにか、九鬼の手が角刈りの拳を包んでいたのだ。

パンチを浴びせようとしたのが、機先を制されたのである。間合いを盗まれ、虚を突かれた格好の角刈りが、目を剝いたまま硬直しているところに、そっと九鬼は角刈りの肘《ひじ》を外から撫でて、穏やかに背中を叩いた。さきほど事務所を出る際に、勇作の背中を叩いたのと見かけは変わらないのに、たったそれだけで角刈りの動きは見事に封じられているようだった。

「ご足労ありがとうございました」

と、九鬼が柔らかく話した。

さして力を入れてる風でもないのに、ぴくりとも角刈りは動けない。合気道《あいきどう》の達人めいた所業に、今更心臓が激しく鼓動を打ちはじめて、勇作が胸を押さえていると、九鬼はすっと視線で道を示した。

「もう少し、歩いていただけますか。夏芽さんもついてきてください」

と続けて、踵《きびす》を返《かえ》す。

どのような原理なのか、苦痛で身を強《こわ》ばらせた角刈りが、その誘導につられて歩かされていく。ぎこちない足取りはできそこないのロボットのようだ。勇作もその後ろから慌ててついていき、人通りの少ない路地へと進んでいった。

数分ほどしたところで、小さな喫茶店に入った。

どうやらマスターとは懇意らしく、明らかに不審極まりない組み合わせだろうに、九鬼が会釈《えしゃく》するだけで何の指摘もなく通され、奥まったテーブル席に角刈りは下ろされた。

「どうぞ。飲み物は奢《おご》らせていただきます。マスター、珈琲を三つ」

「っ、て、てめえ！」

やっとまともに呼吸できたか、なかばむせかえりながら角刈りが睨みつけるが、さきほどので懲《こ》りたらしく、再び殴りかかろうとする気配はなかった。

すぐ目の前に座って、おそるおそる勇作も隣に腰を下ろすのを確認してから、九鬼は改めて口を開いた。

「話したいことがあったんでしょう。親分さんについて」

「………っ」

角刈りが、ぎゅうと拳を握りしめる。

怒りをどうしていいか分からないのだろう、と勇作は思った。この場には九鬼や勇作をとっちめようとしてやってきたはずで、それが喫茶店で目の前に座らされているのだから、屈辱に耐えるのも一苦労だろう。

気にした風もなく、九鬼はもう一度問うた。

「親分さんが、どうかなさったのですか」

しばらく角刈りは唸《うな》りをあげていたが、舌打ちとともに視線を逸らし、やがて外見と裏腹の小さな声が喫茶店の床を這った。

「喰われる、言うんや」

「喰われる？」

鸚鵡返し《おうむがえ》しに呟いた勇作に、角刈りがこう続けた。

「毎日毎日、足下から喰われる。丁寧に丁寧に、爪《つめ》がひとつずつ剝《は》がれて、指が一本ずつ舐《ねぶ》るみたいにしてかじり取られていく。相手は見えない。真っ黒な空白だけや。なのに舌を感じる。肉を食む歯《は》の感触も、骨から根こそぎに嚙み剝がされる痛みさえくっきりとしている。爪も指もなくなったら、今度は足首まで嬉しそうに口が近づいてくるって……毎日魘《うな》されてるんや」

「…………っ」

その言葉に、勇作が口元を押さえた。

想像してしまったのだ。角刈りの言葉はおそらく老人のそれをなぞっただけだろうに、いやだからこそ、切実なほど伝わってしまった。

「私たちがお会いしてから、ひどくなったということですね」

九鬼の言葉に、角刈りの肩が小さく揺れた。

「だから、ベッドに寝ていたんでしょう。あのご老人は隠すつもりもなかったはずです」

「そうや！　いままでやって魘されてたけど、お前らが来てから起きあがれんぐらいになった！　あのとき、妙な仕掛けでもしたんやろが！」

角刈りが怒鳴りつけたのだ。

「あの刀が無くなってから、なんもかもおかしゅうなった！　あんたらやって、あの刀が目当てやったんやろ！　オヤっさんがああなったんと関係ないわけないやろ！」

「お静かに」

九鬼の長い指が、引き結んだ唇に添えられただけで、角刈りはうっと息を吞んだ。

それだけの威力が、ここまで連れられてきたときのやりとりにあったのだろう。それこそ勇作は魔術でも見ている思いだった。

「あなた、名前は？」

「……鏑木《かぶらぎ》東二《とうじ》」

嫌そうに、角刈りが答えた。

対して、九鬼はどっしりと椅子に体をもたせかけ、こう確認した。

「あなた、もともと関西の生まれというわけじゃないですよね。ミナミの方言を使ってますが、それにはいささか綺麗すぎます」

あれで綺麗なの、と勇作は耳を疑ったが、角刈り――鏑木が萎縮《いしゅく》したところを見ると、どうやら的を射ていたらしい。

「それが、なんや」

「なのに、わざわざ関西弁を使ってらっしゃる。もちろん、ヤクザとしてのハクをつけたいということもあるでしょうが、根本的にはそれだけ親分さんを慕《した》ってらっしゃるということでしょう」

「…………」

鏑木は何も言わなかった。

「では、もうひとつ」

と、九鬼が付け加える。

「つまり、あなたは親分さんが霊感商法的な詐欺《さぎ》の類《たぐ》いに騙《だま》されていらっしゃると、そうお思いなのですね」

「ちゃうんか」

喧嘩腰《けんかごし》を隠さず、鏑木が声音をきつくした。暴力的な臭いに早速膝が震え出すのを感じつつ、勇作は唾を呑み込んだ。

九鬼は、かすかに隻眼を細めたきりだった。

「だいたい、魔術なんかあるわけないやろ。あんたらが適当なことを吹き込んだ以上の、何やって言うんや」

「ふむ。親分さんとの話を聞いていたのですね。そして、そういう風に考えてらっしゃる。悪夢についても、何か薬を盛ったとかそんな風に考えてらっしゃる?」

「そんなん知らん。でも、あんたらがろくでもない罠《わな》でもしかけたに決まってるやろ」

「……魔術なんてインチキだから、ですか」

「そうや」

挑戦的に断言した鏑木に、飴色の眼帯の表面をつるりと撫でて、九鬼が改めて質問を投げかける。

「あなたも、親分さんとの親子盃《さかずき》は交《か》わしてますね?」

「そ、そらそうやろ。でなかったらここにおらん」

「でしたら、盃を交わした際、今上天皇、天照大神《あまてらすおおみかみ》、神農皇帝の三軸がかかっているのを見たはずです。ほら、あの親分さんの神棚にもありましたよ。最初のふたつは説明するまでもなく日本出自ですが、最後の神農は中国から伝来した薬草の神ですよ。牛頭《ごず》人神。ギリシャのミノタウロスなんかとも通じる形ですが、おおよその絵画では小さな角ふたつぐらいしかその特徴は見受けられませんね」

「神農さん、のことか」

かろうじて鏑木が口にしたのは、少なくとも神農という名は聞いたことがあったからだろう。勇作もニュースか何かで聞いたような覚えがあった。

(……ええと、真ん中に神農を祀《まつ》るのがテキ屋系で、天照大神を祀るのが博徒《ばくと》だっけ?)

そんな単純なものではないのかもしれないが、ひとまずそんな風に覚えていた。もちろん、屋敷に赴《おもむ》く前、九鬼に教えられた付け焼き刃である。

「ええ。あなたがもう十年も早く組に入っていれば、このあたりは詳しく聞かされていたでしょう。いや二十年かな。この神は何かとタビの人に親しまれていましてね。富山の薬売りなんかにも、神農信仰は行き渡っていました。薬と祭りとでモノは違えど、ある種社会の外を渡り歩く人々にとって、こうした異国異形《いぎょう》の神が親しみ深く思えたのでしょう」

立て板に水のごとく、すらすらと九鬼が喋る。

その内容は完全に理解できなくても、不思議と断片が頭の隅に残った。目に見えない種を心の底にそっと植え付けられるような感覚。

勇作が想起したのは、昔からよく映画やドラマである場面だった。

たとえば、紋付きの羽織《はおり》を纏った男たちが、朱塗りの盃を交わす風景。兄弟盃だとか親子盃だとか、そんな風に話していたのを覚えている。つまるところ、赤の他人であったヤクザたちが血縁に匹敵する絆《きずな》を結んだと——そんな契約の儀式。

「せ、せやからなんなんや。別にヤクザが神社をやってるわけやないやろ」

「もちろん。あくまであなたがたの稼業が、この手の事物と馴染《なじ》み深い……という前提条件を説明しただけです。ああ、寺や神社と関係深いヤクザの方ももちろん多いですが。もともと、賭場《とば》といえば寺社を使うのが相場なわけですから」

鏑木の顔が、ぎこちなく強ばる。

その隙につけこむかのように、九鬼が続けた。

「フレイザーの『金枝篇《へん》』では、世界の魔術をおおよそ二種類、類感魔術と感染魔術にわけています。おおよそ類感魔術は似ているものは影響しあうという考え方、感染魔術はかつてひとつだったものは分かたれても影響しあってるという考え方ですね。現代となってはいささか強引さのある分類ですが、ツールとしてはいまだに価値があります」

「ただの思い込みやんか」

食ってかかった鏑木に対して、九鬼はそっと自分の口元に触れた。

米粒みたいに白い歯が、かすかに覗いた。

「たとえば、あなたは歯を磨かないと気持ち悪くて眠れなかったりしませんか」

「そりゃなるやろ」

九鬼の言葉に、角刈りが同意する。勇作も歯を磨かないとなんとなく寝付けないタイプなので、その話は納得できた。

「ええ、なる人もいますし、ならない人もいますね」

言って、九鬼の視線が流れた。

ちょうど、マスターが珈琲を三つ運んできた。

角刈りが恨めしそうに、砂糖をふたついれてから、そのカップのひとつを手に取る。

ほぼ同じ格好で、九鬼も砂糖をふたついれて、カップを取り上げた。口元に運ぶタイミングも、音をたてて啜《すす》るところもほぼ同じだった。ばかりか、勢いよくカップを下ろすところも、下ろし終わって椅子にもたれかかるところもまるで鏡に映したようで、隣で見ている勇作のほうが瞬きするほどだった。

「な、なんやそれ」

「ミラーリングですよ。まあ、今のはわざとらしくやりましたが」

と、九鬼は咳払《せきばら》いした。

「心理学ではミラーリングによって、相手とより早く親しくなることができると言われていますし、いまも世界各地の多くの場所で実践されています。ある種のビジネスマンやコンサルタントなんかは呼吸するようにやるでしょう。で、さきほど説明したのと似ていると思いませんか?」

「……あ。類感魔術」

九鬼の問いかけに、勇作がぽんと手を打った。

「そのとおり。似ているものが影響しあう。似ているものが共感しあう。魔術と心理学が極めて近しい証拠ですね。ついでにいえば、ミラーリングは別に人間だけの行為じゃありません。それこそ猿や犬だって似た行動はとります。つまるところ、あなたが思い込みだといった魔術は、人間だけじゃなくてそこらの動物だってやる行為なんです」

そこで、一拍、九鬼はおいた。

珈琲を含み、喉を潤《うるお》わせる。今度は音をたてなかった。いつも厳めしい顔のこの上司と、硬質で豊潤な香りはひどく似合っていた。

「確かに、魔術の一部は思い込みでしょう。その性質は否定しませんし、いわゆる憑依《ひょうい》現象——西洋の悪魔憑《つ》きや日本の狐《きつね》憑きなどはまさしく好例です。ですが、それは人間を含む多くの生物にとって本能であり、生態なのです」

九鬼の言葉は、まるでそれ自体が呪文《じゅもん》のようだった。

魔術が人間だけのものじゃない。猿や犬だってやるような、生物としてごく普通の行いだと、九鬼は話しているのだった。

ざわざわ、と胸が波打つのを勇作は感じた。

鼓動が数割ほど速くなる。胃の底が熱を帯びてくる。

「た、ただのこじつけやろ、そんなの！」

語気を強めた鏑木に、九鬼は微動だにせず言葉を返した。

「では、どうして、あなたは服を着るんですか？」

「は？　そんなん当たり前やろ！　裸でいられるはずないやろボケ！　お前みたいに言ったら黙って脱ぐような変態やないんや！」

「そのとおり、現代社会では裸で出歩くなんてできません。たちまち捕まってしまうでしょうし、そうでなくても私たちが強固に持つ常識こそがそのような行為を許しません。……でも、その常識だって思い込みの結果じゃないですか？　ええ、もとは防寒だとか、些細な傷を防ぐためだったでしょう。無闇な劣情が働かないよう抑制する意味もあったはずです。しかし、これにファッションや歴史、民族意識といった意味が加わると、もはや実用だけの用途とは言えません」

淡々と、九鬼が話す。

その言葉で、ふと勇作は思いついてしまった。

「……あの、ひょっとして、親分さんが全部脱がせろって言ったのは」

「はい。あれも心理学と魔術のあいのこみたいなものですよ。服というのは心理的な鎧です。多くの国の軍服がデザイン上本人や周囲を鼓舞《こぶ》するよう配慮されているのも同じ理由ですね。それをすべて脱がせてしまえば、自分が支配的な立場にいられる。こういう状況では多くの魔術が通用しなくなります。だから、昔はああいうことをさせる拝み屋も、あるいはさせた上で不埒《ふらち》な行為に及ぶ者もいたのです」

「…………」

まさか、あの一連の行為にそんな意味があったとは想像もしなくて、勇作は絶句してしまった。

「親分さんが、喰われる悪夢に魘されると話しましたね。まの字に親しんでらっしゃる方の事例でしたら、それは確かに呪いなのでしょう。いくつかの条件が成立すれば、親分さんが魘されるような悪夢は成立します。歯を磨かなかったのが気持ち悪いとか、服を着ないのは恥ずかしいとか、そうした当たり前の積み重ねの延長上に、呪いといわれる現象は実在します。そして、病が当たり前に人を殺すように、呪いだって当たり前に人を殺せるんです。無論、ただの風邪では現代日本の人間が滅多《めった》に死なないのと同じで、呪いで人を殺そうと思えば、いくつもの条件をそろえる必要はありますが」

重く、九鬼の言葉が落ちた。

病のように、呪いは当たり前に人を殺す。

「同時に、これはある種のレッテル貼《は》りにも通底する原理です。ヤクザであるとか、公務員であるとか、所詮《しょせん》人間の頭脳は何らかの物語に即してしか、現実を受け容れることはかないません。この現実《のろい》を解くには、物語が必要なのです」

(──現実《のろい》を解く、物語)

なんだか、その台詞が胸に残った。すとんと心臓を押されるような言葉だった。

角刈りにとっても、それは何らかの効果を発揮したようだった。もともとあの田頭という老人がオカルトに傾倒していたこと、ヤクザとオカルトとが馴染み深いものだと断言されたことが、彼の中で何かを結実させつつあるように見えた。

やがて、嗄《しわが》れた声で、彼はこう尋ねたのだ。

「……あんたらは、なんなんや」

「神祇鑑定人。ジンカンです」

静かに、九鬼が言う。

「呪いだからといって、必ずしも特別な措置が必要とは限りません。精神科や心療内科に通うのが適切という場合も多いでしょう。ですが、呪いが特殊文化財に端を発するものであれば、我々の仕事の範囲内です。よろしければ、我々にお手伝いをさせていただけないでしょうか？」

「……じゃあ、あの刀に何があったんや。当然何かあったから、あんたらが来ることになったんやろ」

「親分さんの手に渡るより前の話です。イェイツの日本刀が好事家《こうずか》の手で密《ひそ》かに輸入されている……という噂《うわさ》がありました。手に入れた方々が、何らかの不幸にあっているとも」

黙り込んだ鏑木に、九鬼が続ける。

「いわく、かの詩人イェイツの刀は災《わざわ》いを呼ぶ。器に足りぬ者は喰われる。……そして、最近親分さんが所持していたと」

「……喰われる」

さっきの親分さんの話と一致していて、息を呑む。

もちろん、勇作もある程度の説明は受けていたが、改めて目の前で話されると、喉の奥から酸っぱいものがこみあげてくる。

「私どもは特殊文化財と呼んでいますが、ある種の物品は呪いと定義される現象を、大幅に発生しやすくします。異常なエネルギーを内包していると思っていただいてもいいでしょう。たとえば仏像や神体など信仰の対象になったもの、いわゆる呪いの絵や人形など心霊現象を招くと多数に信じられたもの、はたまたタロットや水晶玉、今回のイェイツの刀のように近代魔術において儀式に使われたと目されているものがそうです」

　喫茶店のテーブルに、そっと九鬼の手が置かれる。

　互い違いに指を挟みあい、低い声で訊く。

「親分さんが魔術にハマったのは、どれぐらい前ですか」

「それは……」

　角刈りの表情が渋《しぶ》いものを押し込め、うなだれる。

「……五年前や。わいが組に入って半年もせんかった頃やから」

「五年。それでイェイツの刀に手を出しましたか。ずいぶんと早いペースですね」

　ひとりごちてから、ちらと九鬼が視線を寄せて、勇作に耳打ちしたのだ。

「憑《つ》き餌《え》はどうですか」

「まだ、足りないみたいです」

　小声で答えると、鏑木がきゅっと眉を寄せた。

「どないしたんや?」

「いえ、こちらのことです。申し訳ありません」

実直に頭を下げて、九鬼がもう一度尋ねる。

「ならば、もうひとつ質問させていただきたい。この写真の中に、昔親分さんと交流のあった方はいらっしゃいますか」

九鬼が懐から出した数葉の写真には、それぞれ個性豊かな風貌《ふうぼう》の人間たちが写っていた。

「……あんたらが、解決してくれるんか？」

しばしの間をおいて、鏑木が訊き返した。

淡い期待を乗せて揺れた声音に、

「それが仕事です」

きっぱりと九鬼が言った。まっすぐに結ばれた視線は、ずっと角刈りの瞳から離れず、言葉の重みを裏付けていた。

「せやったら……」

と、角刈りの指が動いた。

隅のほうの、小さな写真だった。

親分よりもいくらか年をとった——品の良い結城《ゆうき》紬《つむぎ》に絞り染《ぞめ》の帯を締め、微笑を浮かべた老女の姿は、うすぼけたアナログ写真越しにも凜《りん》として映った。

「室見千鶴子《むろみちづこ》」

と、九鬼が目を見張ったのだ。

すっくと壮漢が立ち上がり、一礼した。

「すいませんが、お先に失礼します」

5

恐るべきことに、本気で九鬼はひとりで席を立ったのだ。

「夏芽さんは、もう少し鏑木さんから話を聞いてあげてください」

そう言い残されて、勇作と角刈り――鏑木がふたりだけになった。凄《すさ》まじく居心地が悪い。けして勇作だけがというわけではなく、向こうもそうだということは視線を合わさないようにしている素振りから、おおよそ伝わってきた。

からから、とわざとらしい音をたてて、喫茶店のシーリングファンが回っている。

しばらくして、鏑木のほうからぶっきらぼうに尋ねてきた。

「結局、あんたら――ジンカンってなんなんや？」

「僕も……採用されて、まだ数ヵ月なんですけど」

歯切れ悪く、勇作の視線が宙を泳いだ。

正直なところ、自分のいる組織について、勇作は詐欺集団か何かじゃないか、という疑いを捨て切れていない。無論、九鬼がそれだけにとどまらない人物だというのはこれまでで十分身に染《し》みているが、それと疑念については話が別だ。

「さっき九鬼さんも言ってましたけど、今回の刀やいわゆる呪いめいた逸話を持つ品を、ジンカンでは特殊文化財もしくは縮めてトクブンというそうです。そうした品を、『あるべき形に保護する』のが仕事なんだとか」

自信なげに、勇作の語尾が空気に溶ける。

実際、あるべき形とか言われても、勇作にはさっぱり分からない。そういう品が実在することは分かっても、ではそれを保護するジンカンとは何なのかと言われれば、いまいち曖昧《あいまい》な霧の中だ。

「ふうん」

と、鏑木は分かったような分からないような顔で、残った珈琲を口にする。すっかり冷め切っているが、特に不満そうな様子はなかった。勇作も同じくとりあえず珈琲で唇を湿らせつつ、何とも言えない時間を過ごしていると、鏑木が小さなため息とともに口を開いた。

「あんた……あの人とずっと付き合ってるんか？」

「上司ですから」

「ようやるわ。わいやったら三日で逃げ出しとる」

初めて、鏑木の唇がかすかにほころんだ。

意外と若いのだな、とそれで思った。勇作と同じか、せいぜいひとつかふたつ上程度なのだろう。さきほどまでは敵意や緊張を漲らせた対峙《たいじ》ばかりで、ゆっくり相手の様子を観察する余裕などなかったが、こうしてみると大学時代の友人とさほど変わらない。

それで、つい軽口を叩いてしまった。

「でも、僕はあの親分さんと一緒にいるのもスゴいと思いますけど」

「いや、そんなん逆や！」

大げさに手を振って、鏑木は否定した。

「オヤっさんは、落ちこぼれてやさぐれてたわいを拾ってくれた。高校中退してから行き場もなくて、ネットカフェに泊まる金もなくなって、シャワーも浴びられずに座り込んでたわいを拾ってくれたんや」

鏑木の声音には、懐かしさと等量の劣等感が滲んでいた。

勇作にも、それは嫌というほど分かった。自分の居場所が虫に食われるかのようになくなっていく感覚。何年も試してあげたけれど、ついにあなたは欠陥品のままだったねと、世界中からそっぽを向かれる——笑われもされずに無視されるその痛みを、勇作は確かに知っていた。

胸が苦しくなった。

一瞬、捨てられていた子猫たちの鳴き声を聞いた気がした。

あのとき拾ったのは猫だったろうか。それとも、かつての自分だったろうか。

「そりゃあさ。その後もいろいろあったわ。オヤっさんはあのとおりの刀キチやし、叔父貴と喧嘩別れした後、兄さんたちは三々五々いなくなってもうたしな。わいも呼ばれたけど、そんなんついていく気にならんかった」

ヤクザ社会では、それぞれの関係を家族になぞらえていたはずだ。つまり叔父貴というのは田頭親分の兄弟格、兄さんたちというのは鏑木の先輩のことだろう。九鬼の話をずっと聞いていたせいか、そんな表現もいちいちオカルティックに思えて、つい不思議な気分になってしまった。

静かな店内に、きゅっきゅっとマスターがコップを磨く音が響く。

微《かす》かな音量のジャズに、珈琲の香りが混じって、勇作の鼻をくすぐった。

「あの、イエイツの日本刀が無くなったときは、どんな風だったんですか？」

「いや、わいは無くなった現場は見てないんや。もともと奥の間はわいみたいな若い衆はほとんど入れてもらえんかったし。あの頃、ばたばたと人がいなくなっていったから、わいの仕事がやたらと増えてて、掃除や使い走りの上に料理や洗濯もさせられてたから、人の出入りとか全然覚えとらん。そんなとき、ええと三ヵ月前ぐらい……久しぶりに叔父貴がやってきてオヤっさんと大喧嘩した夜やったな。またぞろ刀増やして無駄な金使いやがってって、叔父貴が怒鳴りちらして、その後突然オヤっさんが刀がなくなったって血相を変えて」

「……それって、普通に考えたら、親分さんから離れていった子分の誰かが持っていった可能性が高いんじゃ」

「え？　そりゃ、そうかもしれんけど……」

狼狽えた様子からすると、どうやら本気で考えてなかったらしい。

「で、でもせやったら、親分の刀を片端《かたはし》から盗んでいくん違うか？」

「あ……」

それも、そうだ。

話が途切れたところで、苦々しく髪を掻いて、鏑木のほうが尋ねてきた。

「じゃあ、あんたはどうしてジンカンに？」

「僕は……九鬼さんと」

不意に、草いきれの混じる、雨の匂いを思い出した。

あれは夏のことだ。ほんの数ヵ月前の雨の日。まともな就職もかなわず、二度目の彼女にフラれて泊まる家さえなくなって、どうしようもなく彷徨《さまよ》っていた自分。足が疲れて腹が減って、情けなさ過ぎて笑えてくる、あのおかしな感情がいまだ胸にこびりついている。公園の土とアスファルトを打つ雨の匂い。ぺしゃんと額に張り付いた髪の毛の感触。

そして、傾けた角度さえ生真面目《きまじめ》に、こちらの頭上に差し掛けられた傘。いつもの表情で見下ろして、まっすぐに囁かれた硬い声。

――『だけど、私にはあなたが必要です』

「どないしたんや?」

鏑木の問いかけに、はっと勇作が顔をあげた。

物思いに耽っていたのを訝《いぶか》しまれたらしい。狐につままれたような角刈りの顔に、自分の鼻の頭に触れていた勇作は、そっと指を離して、

「いえ」

と、かぶりを振る。

「僕もきっと、あの人が恩人だからです」

「ふん」

はにかむみたいに、鏑木がそっぽを向いた。恩人という響きが普段の生活になくて、すぐ受け付けなかったらしい。

視線をそむけたまま、ひらひらとこちらに手を振った。

「へ?」

「だから、携帯見せろや」

と、唇を尖らせたのである。

それから、恥ずかしそうに、こう付け足した。

「登録しておかんと、なんかあったとき連絡できへんやろ」

*

近くの駅前まで、鏑木を見送った。

改札に角刈りが吸い込まれていくのを確認して、振り返ったところで、勇作は心臓が飛び跳ねるかと思った。

「九鬼さん」

これほど目立つ人がどうやって存在感を消していたのか、眼帯をした壮漢が背後の柱の陰《かげ》に佇んでいたのである。

いつもと同じく感情の窺えない面持ちで、九鬼はゆっくりと口を開いた。

「どうやら、親交を深められたようで」

その言葉で、ぴんと来た。

「ひょっとして……そのために席を外してたんですか」

「話を聞いておいてくださいと言ったでしょう。年の近いほうが話しやすいこともありますから、フィールドワークでは基本ですよ。——それに、調べ物もしていました」

しれっと言って、九鬼がタブレットを差し出した。

呪いやらなんやら言っておいて、こんな工業製品を差し出されると困惑するのだが、どうやら本当に調べ物をしていたらしい。表示されたブラウザはどうやら何かのサイトに接続されているらしく、あの喫茶店で見せられた老女の姿が映っていた。

「さっきの人？　室見千鶴子？」

「正直言って、候補としてはかなり薄い部類だったんですが、もしも彼女と関連があったなら、親分さんがまの字に傾倒したことはうなずけます。オカルティストとしてはかなり有名で、もともと近代文学を嗜《たしな》んでいたところからイェイツに心酔、西洋近代魔術に傾倒するようになった御仁ですよ。実家が資産家だったため、かつては外交ルートともコネクションがあったそうで、イェイツの日本刀と関連があったとしても、不思議ではないでしょう」

「じゃあ、この人と会えば！」

「それは無理ですね」

と、細長い指がタブレットの画面を滑り、プロフィールの最後へ触れた。

「半年前に死んでるんですよ。末期癌《がん》です」

駅の構内のざわめきが、突然膨《ふく》れあがったように思えた。

どきりとするほど鋭い隻眼が、もうひとつ尋ねてきた。

「ところで、鏑木さんはなんとおっしゃってました？」

「え、ええと、高校中退したときに、親分さんに拾われたんだとか。あと、親分さんの兄弟分と喧嘩した夜に、例の刀が無くなったらしいとか……ほかは……」

おおよそ話していた内容を告げると、九鬼は隻眼をかすかに細めた。

「……やはり」

こぼれた吐息が、冬の空気と混じって、白く色づいた。

「九鬼さん？」

「いえ、この案件、おおよそ目星がつきました」

「本当に?!」

「確証を得るには、あともう一押し要《い》りますけどね。――というわけで行きましょうか夏芽さん」

「どこに？」

「もちろん、室見千鶴子のお宅ですよ」

先の鏑木と同様、改札に吸い込まれた九鬼のスーツ姿を、慌てて勇作も追った。

6

冬の枯れた陽光が、妙にふさわしく見える郊外の通りだった。

途中の商店街も八割方がシャッターを下ろしていた。ゆっくりと、この地域はさらに衰退していくのだろうと思えた。東京でも二十三区を除けば人口は徐々に減少している。

そんな中、九鬼が足を止めたのは、いかにも寒々とした小さなあばら屋である。ほとんどトタン板でつくられていて、それもちょっと台風に見舞われれば、たちまち分解してしまいそうだ。実際よく見ると家全体が傾いていて、目の前で倒壊してもまるで驚く気になれない。

ぱちぱちと瞬きして、勇作が尋ねる。

「金持ちだって言ってませんでしたっけ?」

「あくまで実家の話です。まの字への傾倒が過ぎたと判断され、晩年は家からは勘当されています。田頭さんと知り合ったのは、そうして零落する以前ですね。実際、田頭さんともこの三年ほどは接触がなかったようで、こちらの調査順でも後ろのほうにずれこんでいたんです」

特に感慨もなく言って、九鬼は自宅に踏み込んだ。

鍵《かぎ》は壊れていた。ただ、扉自体も傾いていて、びくりとも動かなかった。

「仕方ありませんね」

涼しい顔のまま、九鬼の足が持ち上がった。

制止する間もなく、中段蹴《げ》り一発で粉砕されたのだ。

（うわあ）

思ったが、口にはしない。

安っぽい木製の扉とはいえ、こうも鮮やかに砕《くだ》かれるとは。自分の脊髄《せきずい》ぐらいなら同じように簡単に壊せるだろうなと連想したが、これも全力で言及しない。沈黙は金、沈黙は金と脳内で繰り返しながら、土足で踏み込む九鬼の後を追った。

暗がりで、きい、と床が鳴った。

今にも割れそうだと不安に思った瞬間、ありえない異変が襲った。

闇から、鋭い牙《きば》を剝いた、虎の首が。

「わああああああああああああっ！」

こちらの顔を丸かじりにしそうな虎が、しかし涎を飛ばしたところで停止した。

無造作に、九鬼の人差し指と中指が突き出され、虎の額に手首まで埋まったのだ。ぱんっと乾いた音をたてて——少なくとも音を聞いた気になって、虎は破裂した。

だが、異変はとどまらなかった。

天井から、ゆるりと垂れ下がるような虎の顔が三つ。

コールタールのごとく、どろりと崩れながら、三頭の虎が顎を開いた。

「どいて！」

厳しい九鬼の声とともに、首根っこを引きずられた。

片腕で、いともたやすく入り口へと放り投げられる。浮遊感の中で、勇作は泥のような虎に襲いかかられる九鬼の背中を見た。一歩も退かず、壮漢の逞しい腕がスーツのポケットから何かを投げ放つ。

米粒らしかった。

三つ。乾いた音。

たてつづけに、虎の首は弾《はじ》けた。

まるで花火みたいだった。至近距離で浴びた爆音に耳を押さえていると、

「大丈夫ですか？」

と、九鬼が振り向いた。

「ただのこけおどしですよ。この場に残留していたままの字の残滓《ざんし》が、感受性の強いあなたと共感したんでしょう。何が見えました？」

「虎……の首、が」

「なるほど」

無感動にうなずいた九鬼に、おそるおそる勇作は尋ねた。

「……本当に、呪いが？」

「自己暗示とでもいったほうが現代的で受け容れやすいですか？　そのふたつはもともと同じところから発したものなのですが」

九鬼の言葉を聞きつつ、勇作は冷や汗を拭《ぬぐ》う。

たった今、目にしたはずの虎が、早くも曖昧に記憶から溶けかかっている。吐きかけられた息の獣臭さも、顔にかかった涎もあんなに明確だったのに、まるで泡みたいに消えかかっている。

耳の痛みさえ、もはや遠い。

それこそが、九鬼の言う呪いの本質なのだろうか。

「……じゃあ、やっぱり室見さんが、親分さんに呪いを？」

「そうできたのは確かでしょうね。彼女はこの世界でも珍しい『本物』だったようです」

言って、廊下の奥に入った。

中は雑然としているというより、ほとんどゴミ捨て場だった。

数歩入っただけで、あまりの埃《ほこり》に咳《せ》き込《こ》んでしまう。

大量の本。文庫本もソフトカバーもハードカバーも箱入りの本も雑然と積まれ、その間にはゴミ袋が所狭しと詰め込まれていて、およそ人間の住居とは思われない。台所には汚れた食器が積み木みたいな絶妙なバランスで積まれており、何匹かの蠅《はえ》が飛んでいる。

さらに、埃に混じって、紙切れのような何かが撒き散らされていた。

散乱している断片を拾って、勇作は唾を呑み込んだ。

「……写真？」

家中に、写真の破片が撒き散らされていたのだ。

おそらく、何十枚何百枚という数になるだろう。

しかも、いずれもが引きちぎられていた。執拗《しつよう》なぐらいに細かく、とりわけ人物の体の部分で何度となくちぎられていた。

「どうやら、かつての家族や友人たちのもののようですね」

と、いくつかを拾って、九鬼が呟く。かつては資産家の娘だったという室見千鶴子が勘当され、晩年こんなあばら屋に引き込もるまで、どれだけ友人との決裂や裏切りがあったのだろう。

そんな中、一枚だけ、無事なものがあった。

壁にピン留めされた、汚れた人物写真だった。

「……これって」

鏑木の親分——あの老人、田頭のものであった。

思わず、勇作は瞬きしてしまった。さほど以前のものではないように見えたが、どうやら散歩の際にでも撮られたと思しい横顔は、ベッドに横たわっていた老人からは考えられない活力に満ちていたからだ。

冷や汗が首筋を辿るのを覚えた。

たった一枚無事なその写真こそ、老人を呪う正体にしか思えなくて、息苦しくてたまらなかった。写真の隅に何かしら文字を書き殴ろうとしたような形跡もあったが、当時の室見の心境を表してか、それは文字になりきらず、奇怪な文様《もんよう》となって渦巻くばかりだった。

では、死せる室見の呪いによって、あの老人は魘されているのか？

「…………」

一緒に見つめる九鬼も、真剣な面もちをしていた。写真に嚙みつきかねないほど、眉間に深く皺が寄っていた。こんな感情的な九鬼の表情を見ることはほとんどなくて、勇作のほうも面食らうぐらいだった。

それから、壮漢の視線は近くに移った。

壊れかかったテーブルに載った、一冊の本だった。

大量の書籍とゴミ袋で倒壊しかかったようなあばら屋だが、とりわけその本はよほど読み込まれたのか、頑丈そうな表紙は手垢《てあか》じみて、半ば分解しかかっている。

「イェイツの全集のひとつですね」

と、九鬼が口にした。

あの老人が持っていたものよりも、ずっと古い本らしかった。

手袋をしてからその詩集を手にとって、ぺらぺらとめくりつつ、九鬼はいくつかのページで指をとめた。

「……まの字を志したことからも分かると思いますが、イェイツという詩人は、実に奇《き》矯《きょう》な人生を辿っています」

不意に、そんなことを喋りだしたのだ。

「たとえば、とあるアイルランド独立運動家の女性におよそ三十年も熱烈な求婚をし続けてはねつけられ、はてはその娘にまでプロポーズして、なおも拒絶されています。この経験を糧《かて》にして『鷹の井戸』という著作をものにしたあげく、翌年には諦めて二十七歳も年下の娘と結婚したのも、実に彼らしい行動でしょう。オカルトについても似たような感じで、〈黄金の夜明け〉といわれる魔術結社の指導者になったはいいものの、ほとんどお情けのような立場で、さしたる秘儀に触れることはできず、いい思いをすることもかなわなかったようです」

この案件に着手させられた際、『鷹の井戸』は読んだことがあった。

詩ではなく、舞台の脚本である。

日本の能に触発されたのだとか、そんな前書きもあった。

ケルトの英雄クーフリンが、永遠の命を求めて、とある井戸に辿りつく。不老不死の水を湧《わ》かせるというこの井戸は、しかしすぐそばにいた老人の言葉によれば、たった三度しか水を生じたことがない。老人と問答する内、井戸の守り人である女が現れ、鷹へと変じる。クーフリンはこの鷹を追うのだが、結局何も分からないまますべてが消えて、舞台が終わってしまう……そんな話だった。

イェイツは、クーフリンに何を託したのだろう。

「ノーベル賞まで取った大詩人でありながら、その人生は喜劇とすらいえます。滑稽《こっけい》と笑い飛ばす方もいるでしょう。気持ち悪いと突き放す方もいるでしょう。無様だと嘲《あざけ》る者もいるでしょう。それでも彼の人生は鮮烈で素晴らしかったと私は思います」

どうして、そんな話をいまするのか分からなかった。

だけど、大事な話をされている気がした。

「大半のオカルティストの生涯はそんなものです」

まとめて、本を机に戻した。

それから、とりわけ悪臭のひどいトイレの近くに行くと、大きなしみができていた。

「……この、臭い」

「どうやら、ここで死んだようですね」

手際よく確認をとって、数十分ほど家のあちこちを見てから、九鬼がうなずいた。

「もう大丈夫です。周囲にも聞き込みをしましょう」

そう言って、あばら屋を出た。

何人かに声をかけ、どうやら手がかりらしいものにつきあたったのは、近くの公園を掃除していた中年の女に話しかけたときだった。

「……あんた、室見さんの知り合い？」

じろりとデメキンみたいな目を向けて、女は口を開いた。

九鬼の眼帯を見て、だいぶ怪しんでいたようだったが、慇懃《いんぎん》な一礼でひとまず会話するつもりにはなったらしい。差し出した名刺に『宮内庁指定業者ＳＴＣセンター』と入っていたことも功を奏したのだろう。

「役所からの依頼で調査を請け負ってまして。何か、生前の室見さんは特徴的なことをされてましたか」

「何かどころじゃないわよ！」

たちまち、憤《いきどお》った女は唾を飛ばして喋りだした。

「あのうち、前からしょっちゅう鼠《ねずみ》や猫が出るわ、こっちが注意しても何ひとつ聞かないわ、ヤクザっぽい変な連中が出入りしてるわで、気の休まるときがなかったんだから！」

「猫や鼠ですか」

「一匹や二匹じゃないわよ。十匹以上がざざーっと逃げてきたりするの。あんなの、もうホラーじゃない。あげく、しばらく静かにしてたと思ったら、病院から戻ってきて、わざわざそこの家でくたばったし」

「……なるほど、病院でなく、やはりこちらで亡くなったんですね」

「そうよ。当時はひどい臭いだったもの。数ヵ月ぐらいたまらなかったわ。家ごと撤去してくれればいいんだけど、そこまでは役所も手が回らないみたいだものね」

「ありがとうございます」

丁寧に礼を言って、九鬼はもうひとつ付け加えた。

「ところで、室見さんが刀を持っていたのを見たことはありますか」

「刀？　そんなのあったら通報してるって。でも、あんな人だしこっそり持っててもおかしいとは思わないけど」

「貴重なお話でした。感謝します」

もう一度腰を曲げてから、九鬼が踵を返す。

それを追い、先の女性と十分離れてから、勇作が尋ねた。

「さっきの話って……」

「西洋の魔術結社の流れを汲《く》む人にはよくある事例ですね。鼠や猫を生け贄《にえ》に使うことが多いですから。まあ調達しやすいし、安いからです。いかにして魔術の触媒《カタリスト》を調達するか、もしくは調達しやすいもので代用するかは、現代のオカルティストにとって重要な課題ですよ」

歩きながら、九鬼が言う。

生け贄というあまりに時代錯誤な言葉は、勇作の芯に食い入った。安いからという身も蓋《ふた》もない言葉もあいまって、ただの迷信と笑い飛ばせない。オカルティストがフィクションの存在ではなく、現実に足をつけた存在なのだと、思い知らされる。

――『病が当たり前に人を殺すように、呪いだって当たり前に人を殺せるんです』

九鬼の言葉が、脳内に反響する。ほんの皮膜一枚の向こう側に、オカルトは息づいている。少なくとも、さきほどの家では息づいていた。

まるで、怪談だ。

夏の夜に、さしたる前触れもなく、通り魔みたいに聞かされた気分。

「…………っ」

ずくん、と何かが身をもたげた気がした。

肺の間をざりざりと引っかき回されるような感覚。

「憑き餌が揃《そろ》ってきましたか？」

「……はい」

うなずく。

多分、いまので八割ぐらい。臍《へそ》の下で、眠っていた何かが身を起こしかけている。ずっと知らないふりをしていたかった、目をそむけていたかったモノの、獣くさい臭いが食道からこみあげてくる。

ああ嫌だ。本当にたまらない。

これだから、自分は東京に出てきたのに、どうして。

「……そろそろ仕舞いの時間ですね」

九鬼の声が、鼓膜にべっとりと貼りついた。

7

夜が更けて、風が強くなった。

竹林が、ざあざあと音を立てて揺れている。こんなに五月蠅《うるさ》かったろうか。耳をつく葉擦れに、逃げ出したくてたまらなくなる。まるで、金切り声を耳元で上げられているようだ。

あれからしばらく休んだ後、勇作は九鬼に連れられて、最初の場所に戻っていた。田頭の屋敷である。

門構えからして古めかしく、あの老人を思わせるつくりだった。

もう一度風が吹き、くら、と目の前が暗くなった。ふらついた直後、逞しい腕がこちらの胸元を抱き留めてくれて、かろうじてアスファルトに正面から激突せずに済んだ。

「大丈夫ですか」

「……あ、は、はい」

硬い声に、うなずく。

貧血なのか、ひたすらに寒い。がくがくと体の芯が震えている。凍《こお》り付《つ》いてしまいそうなところに、スーツ越しの九鬼の体温がありがたかった。たった腕一本なのに、自分の全熱量を支えてくれているようだった。

「ゆっくり深呼吸をしてください。吸った息を臍の下に落として、そこから体中に巡らせる感じで」

耳から忍び込む声に、ただ必死で従う。

頭がろくに回らない。ひどく喉がいがらっぽい。ずくんずくんと鼓動のたびに頭痛がして、唇の端から涎が垂れてしまう。手の甲でそれを拭いつつ、勇作は呻くように言う。

「さっきから……妙な、臭いが……」

「なるほど」

九鬼の視線が流れた。

「それは、前に来たときとは？」

言われてみれば、前に来たときも甘ったるい白檀みたいな香りは感じていた。だが、こちらの身体の内側まで侵食してくるようなきつい臭いは、到底同じものとは思われない。さきほどのあばら屋だって、これと比べれば清潔な病院に思える。

こんな悪臭の中で、九鬼は無事なのだろうか。

「九鬼、さんは……」

「そうですね。私にはほとんど分かりません」

なぜだか、少し羨《うらや》ましがるように、九鬼がかぶりを振った。

「とりわけひどいのは、屋敷の周囲だとどのあたりです？」

「……あのへんが」

指さすと、九鬼はこちらの足下がしっかりするのを待ってから、歩を向けた。

「少し、離れてもらえますか」

ポケットから出したビニールの手袋をはめて、慎重に九鬼が土をほじる。

遅からず、ぐちゃっとした粘《ねば》っこい何かを掘り出したのを見て、勇作が口元を押さえたまま、眉をひそめた。

「えっと……砂？　粘土？」

「半ば分解してますが人糞《じんぷん》ですね」

思わず、噴《ふ》き出《だ》しかけた。

「普通なら、いくらなんでも分解し終わってますよ。それに前に来たときに、夏芽さんも反応していたはずです。ということは、いささかの特殊事情が働いてる。つまりは私たちが来るような事情です」

断じて、九鬼が手袋を放り捨てる。

「どうやら、この人糞は屋敷を取り巻いてるようです」

発言に、勇作が思わず呻いた。

もう少し想像するだけの余裕があったら、この場でえずいていたろう。

「……一体、なんで？」

「つまりこれは、とある土地が自分の体内だと訴えかける儀式ですよ。お前はは、ら、わ、たの内にあるぞ、と暗示しているんです。古典的なまの字の一種ですね」

また、鼓動が強くなった。

訴えている。

どうしよう。どんどん体が熱くなる。息が荒くなる。

立っているのも辛い。なのに、夜の暗闇は昼よりも明るく見えて、風に舞う砂の一粒ずつだって認識できる。竹林の音から葉の数だって分かりそう。ただ、自分の存在だけがひどく曖昧だ。ぐらぐらと地面が揺れている。

きい。

きい。

と、内側で何かが鳴いている。泣いている。哭《な》いている。

まるでそれは……田舎にいた頃と同じように……

そのとき、突然バイブ音が響いたのだ。

勇作の携帯だった。スクリーンに鏑木の名前が表示されている。

「どうやら、急を要するようです」

と、九鬼の瞳が屋敷を仰いだ。

8

幸い、玄関は開いていた。

屋敷の中の空気は、びりびりと帯電しているようだった。九鬼は平気らしいが、勇作にはまるで耐えられない。肩を借りることで、ようやっと進むことができた。

檜《ひのき》づくりの廊下の途中で、奇怪な形の山ができていた。

刀である。

あの床の間にあった大量の刀が、出鱈目《でたらめ》に廊下に撒き散らされていたのだ。そのすぐそばで、見覚えのある相手が尻餅《しりもち》をついていた。

「……あ、あ、ジンカンの！」

「鏑木さん」

角刈りの若衆は、はっきりとその顔を青ざめさせていた。

まるで、幽霊でも見たようだと、勇作は思った。

九鬼が話しかける。

「ご無事でしたか。親分さんは？」

「さ、さっきまでえらい魘されてて……足からずっと上に、身体の内側を喰らいながら……見えない口がのぼってくるって……許してくれって……」

自分のシャツをごしごしと擦《こす》るようにして、角刈りが必死に喋った。

おそらくは、最初に来た際の寝室で、そのようなやりとりがあったのだろう。訴えかける口調には、ただならぬ恐怖がこもっていて、鏑木が体験した異常のほどを示していた。

だが、それ以上に、勇作には最後の言葉が引っかかった。

「許してくれ？」

「そ、そうや。許してくれって叫びながら……最後には……心臓が喰われるって叫んで……突然暴《あば》れ出して……それで……」

それで、何が起こったのか。

無言で小鼻をひくつかせて、勇作が道を示した。

肩を貸したまま、九鬼もそちらへ進んだ。

廊下に面した、広い庭だった。

月が出ている。真円には少し足りない。

その光が、痩《や》せた人影を照らしていた。

後ろを向いて、池の側に座り込んでいる。

こちらを振り返ればいいのに、そうしない。ざんばらに流れた白髪は、まるで柳の下の幽霊みたいだ。その影が揺れている。ひたすら夢中に、まるで地獄の餓鬼か何かみたいに、何度も何度も腕を上下させている。

最初に来たとき聞いた鹿威しも無惨に壊され、そのそばで、がりがり、と何かを引っ掻いている音がした。

土を引っ掻いているのだと、多分勇作は気づいていた。空気に混じった泥の臭いがそのことを裏付けていた。

掘り起こしていたのだ。

「あれって……何を……」

「なるほど。あそこに隠していたんですか」

九鬼が、しみじみと呟いた。

やがて、掘り出された短刀を片手に、老人がふらふらと立ち上がる。

「あ〜……」

赤ん坊みたいな声を、老人はあげた。

嬉しそうに短刀を持ち上げて、へらへらと笑っていた。

鋭い刃が、そうしていると玩具《がんぐ》みたいに見えた。ベッドにいてさえ、あれほどの威厳《いげん》を保《たも》っていた老人が、今はごっこ遊びに興じる童《わらべ》に戻ったかのようだった。

「ああああああああ〜〜〜〜〜〜〜〜〜〜〜〜〜〜〜〜〜〜」

歌うように、声が伸び上がる。

刃が走る。

勇作の背後で、悲鳴があがった。

「か、っかか、から、だ、だが」

震える声で、鏑木が唸りをあげたのだ。

いやいやするみたいにかぶりを振って、棒立ちのまま必死に唇を動かす。

「う、うごか、へん。な、なな、なんや、これ。ま、まじゅ、つ、は、思い込みやって、い、言うた、や、やろ」

「ええ、そのように申し上げました」

いつものように、九鬼は答えた。

「ですから、つまるところは金縛りですよ。夢見が悪いときにやるのと同じです。ほら、思い込みでしょう?」

「そ、そんな、の」

こじつけだ、とでも言おうとしたのだろうか。

舌が回りきらない鏑木を庇《かば》うように位置取りしつつ、勇作が訊く。

「じゃあ、親分さんのあれは、室見さんの呪いで……」

「逆ですよ、夏芽さん」

と、九鬼が口を挟んだ。

「呪っていたのは、親分さんのほうです。虎は、腫瘍《しゅよう》にまつわるイメージですよ。もともと室見さんが癌を患ったところに、後押ししたんでしょう」

一瞬、何を言われているのか分からなかった。

金縛りになっている鏑木も、完全に絶句して、九鬼を凝視した。

「人を癌にさせる呪いはわりと一般的でして。ストレスを与えれば癌の発生確率があがるといわれているのに、まの字でできない道理がありません。親しい間柄なら、かなりスムーズにやれたでしょう。もちろん、呪いという概念をどのように捉えるかにもよりますが、そのあたりは私よりも夏芽さんのほうがよくご存じでは？」

がらがら、といままでの前提が崩れ落ちる。見えていた世界が崩れ落ちて、まったく別のカタチが浮き上がる。

渇いた喉を無理やり湿らせるように、唾を呑み込む。うまくいかない。

それでも、嗄れた声で訊いた。

「なんで、そんな……」

「それはもちろん、イェイツの刀が欲しかったからですよ。イェイツの刀はもともと室見千鶴子のものだった。親分さんは、彼女が病に倒れた隙に、あの刀を奪ったんです」

当たり前に、九鬼が言う。

まるで理解できないのに、ジグソーパズルのパーツがねじこまれていく。

――『刀が好きでなあ。とにかく昔から目がない。珍しいものを見ればどうしても欲しくなる。刀もええし、そこに付随した物語も好きや』

老人から聞いた言葉が、何度となく頭を揺曳《ようえい》した。

刀が欲しいというだけで？

いや、そんな彼らだからこそ、魔術に傾倒したのではないのか。

「しかし、実際に室見千鶴子が死んで、親分さんは怖くなった。なにしろ、まの字の師匠だ。どんな呪いをかけられたものか分かったものじゃない。実際に悪夢に魘されるようになって、この怯えは最高潮に達したでしょう。それでも親分さんはイェイツの刀を捨てられなかった。師匠を呪ってでも奪おうとした刀を諦めることはできなかった。

だから、精一杯呪いに対する防御を固めたんです。誰かに盗まれたということにして刀を庭に埋めて縁を薄くし、屋敷の周囲には結界を張った。ええ、あの人糞は親分さんのですよ。まったくの無駄でしたが」

そこで一拍おいて、九鬼はこう言った。

「だって、室見千鶴子は、親分さんを呪ってなんかいないんですから」

「え?」

もう一度、思考が停止した。

「でも、悪夢を見るようになったから怯えたって……」

「いいですか夏芽さん。どんな素人でも、術式なんか知らなくても、まの字なんか欠片も信じていなくても、人間にはたったひとりだけ確実に呪い殺せる相手が存在します」

すう、と長い指が動いた。

その指が、厚い胸板をついた。

「自分です」

と、九鬼が言う。

「親分さんは、室見を呪った自分が呪われると思いこんだ。その思い込みは返《かや》しの風となって、自身を襲った。自分で自分を呪っている以上、どんな結界も無意味です。許してくれと言い出すような自責の念こそが、どこまで逃げても親分さんを追いつめます。そして、どうしても逃げたい相手から逃げられないとき、人はどうすると思います？　多くは白旗をあげて恭順することで安心を得るんですが、相手が死んでしまっていたり実在しないものだったりしたら？」

「……ミラーリング」

茫然と、勇作が呟いていた。

「はい。憑依現象のおおよそはある種のミラーリングなんですよ。悪魔が恐ろしいから悪魔憑きになる。狐が怖いから狐憑きになる。恐ろしい相手になりきることで、その恐怖から逃げるんです。だから、あれはかつての師匠の真似《まね》を――親分さんがしてらっしゃるんです。ほら、最初にお会いしたとき、言ってたでしょう。ジンカンの噂を若い頃に聞いたって」

――『神祇鑑定人。略してジンカン、な。本当にいたんか』

――『若い頃、何度か聞いたわ』

確かに、そんなことを老人は話していた。

「五年前から魔術を学んだ人間が、若い頃にジンカンの噂を聞くことはない。いや一度ぐらいならそんな偶然もあるかもしれませんが、二度も三度もはありえないでしょう。だったら、あれは親分さんの記憶じゃない。死んだ室見さんの記憶です。あのときから、ほかの誰かが混ざってらっしゃるのではないかと、考えていました」

「そん、な……」

動揺する鏑木の声が、夜気に揺れた。

「もとより親分さんは室見千鶴子の弟子だったんです。識閾下《しきいきか》に室見さんの人格・行動データはたまっているのだから、それを引きずり出すだけで憑依現象が成立します。

無論、こんなものは普通の心理学じゃない。催眠術でもない。まともな学術ではありえない。しかし、確かにそういうことが起こりやすい場があり、起こりやすくさせるモノがあるのです。私たちはそれを特殊文化財と呼んでいます」

九鬼が言う。

すう、と深く息を吸い、こう呼ばわったのだ。

「室見さん！」

老人が、振り向いた。

表情は見えない。ただ携えた短刀だけがぎらぎらと輝いていた。長い髪を女のように振り乱していた。

勇作が瞬きした刹那《せつな》、老人が目の前に立っていた。

「――――っ！」

ぶん、と刃が月光を弾く。

枯れ木を振るうがごとき速度に、勇作がたたらを踏んだ。

しかし、こちらを追うでもなく、老人の足は地面を蹴って、くるりと庭へ戻った。

「あああああああ～」

立つこともできないと言っていた老人は、初めてごっこ遊びを覚えた子供のように感極まった声で、何度となく剣を振るい、自在に飛び跳ねている。

ただ、その結果が異常だ。

一度跳ねるたびに、痩せほそった身体は屋根までも届く。

ぐるんと宙返りした身体は、二回転もして池を飛び越える。

オリンピック選手でもなければありえない現象に、九鬼は無感動に囁いた。

「なるほど、あれは能楽でしたね」

「能？」

「イェイツは日本の能に触発されて、戯曲『鷹の井戸』を書き上げました。わざわざ日本から舞踏家を招いたほどで、後には新しい能としても翻案されています。おそらく、室見さんは——ひょっとしたら弟子であった親分さんも、その舞台を独自に研究したことがあったのかもしれない。だから今、親分さんに憑依した室見千鶴子は、ありとあらゆる束縛から離れ、彼女だけの能を舞っているんです」

「………」


勇作の知る能楽のイメージからは想像もできない、自由な舞踏。

でも、だからだろうか。

あんなにも愉《たの》しそうに、舞っているのは。

(……室見千鶴子、は)

老人の、記憶の中の師匠。

老人が再現している女性《ひと》は、あんなにも楽しそうに舞う相手だったのだろうか。

「ですが、このままだと、親分さんは死んでしまうでしょう」

九鬼の発言に、再び緊張が漲った。

「憑依状態では、人間の制御機構はまともに働きません。老人ならばなおさら。感極まって身体を酷使しつづけたあげくに、死ぬしかありますまい」

「そ、んな……」

金縛りにあったままの鏑木が、歯を食いしばる。

納得できるはずもない。たとえ自業自得ではあっても、自らの身内が亡くなるなど承認できるはずがない。

だから、九鬼の吐息が、耳元に触れた。

「……夏芽さん」

と、囁かれる。

嫌だ。

怖い。

怖い怖い怖い怖い怖い怖い。

ぐつぐつ、と身体の内側で何かが煮えたぎっている。

溶岩のように真っ赤な肉と骨の狭間《はざま》で、一匹の狗《いぬ》が吼《ほ》え猛《たけ》っている。下腹部から突きあがる衝動に合わせて、その狗が勇作の食道を這い上がってくる。がくがくぶるぶると震える膝、がちがちと噛み合わない歯の根が五月蠅い。いいや五月蠅いのは身体中だ。肉と骨が擦れあう音が、もうとても耐えられない。

怖い怖い怖い怖い怖い。

どうしよう、立っていられない。

ひどく自然に、勇作は背中を曲げている。

「ええ、夏芽さん。今度こそ、憑き餌《ものがたり》は揃いましたね」

九鬼が、そっとさすってくれた。

ついで、鼻の先に、薄紅の小さな花が差し出される。そんなのをいつ用意していたのだろう。試験管みたいな何かに入れていたらしいが、溢《あふ》れ出《で》た香りがこちらの鼻孔を嫌と言うほど刺激して、涙を滲ませた。

「今宵《こよい》の花は、特別に栽培した匂い桜。花言葉は清純な心とあいなります。あなたのありのままを、どうぞ存分に見せていただけますよう」

改めて、薄紅の匂い桜は九鬼の胸元に挿される。

いつのまにか、勇作は四つん這いになっていた。口元から涎が垂れている。

怖い怖い怖い怖い怖い。

怖い怖い怖い怖い怖い。

怖い怖い怖い怖い怖い。

「さあ、食事の時間にしましょう。呪いを喰らう呪い、欺瞞《ぎまん》を喰らう欺瞞、物語を喰らう物語を始めましょう」

怖い怖い怖い怖い怖い怖い怖い怖い怖い怖い怖い怖い怖い怖い怖い怖い。

怖い——ああ、オレは——お前を食い散らかす、オレが怖い。

9

柏手《かしわで》が、鳴った。

はっきりと響く九鬼の声を、オレは背中で聞いている。

「障《さわ》り成したる五人五性、万人す上の五ぞふ六腑《ろっぷ》を打ちみだす」


それに、老人が反応した。

ただの舞じゃない。

今、老人は死したる室見千鶴子であり、ケルトの英雄クーフリンなのだ。

だが、振り落とされた刀の上を、オレの体は悠々と飛び越えた。月だって掴《つか》めると思った。体が軽い。綿のようではなく、発条《ばね》のよう。たまらぬ劣情に吼え猛る。月まで届けと咆哮《ほうこう》する。

その音に、老人は打たれた。

「オヤ……っさん……！」

同様に、打ち破られたモノがもうひとつ。

オレの咆哮で金縛りを解かれて、鏑木が屋敷の柱に縋《すが》っていた。別段見る気もなかったけれど、今のオレの耳は木と肉の打つくぐもった音まで、はっきり捉えてしまっている。

「あれは……なんや……」

「親分さんと同じですよ。憑依現象です。ただ、ずっと年季が入ってますが」

体勢を立て直し、弧を描いた老人の刀を、今度はべたりと這《は》い蹲《つくば》って回避。

開脚したところから、一気に跳ねた。

硬い音とともに、オレの拳と、刀の柄が合い打つ。

「夏芽さんは、犬神憑きなんです」

今更、くだくだと九鬼が喋っている。

「犬神憑きには全国に多くのパターンがありますが、夏芽さんのそれは中でも特殊な――四国のとある地域で数百年以上も育《はぐく》まれてきた形です。呪いという思いこみを打破するための、もうひとつの思いこみと言ってもいいでしょう」

これが思い込み？　自己暗示？

知ったことか。

オレはオレの喰いたいように喰うのだ。

ただ、祈るような九鬼の声だけは、不思議と耳の内にしみいった。

老人の繰り出す刀を、オレは次々に避けている。もうだいたい分かった。速度は大したものだけど、結局オレを捉えきれるほどじゃない。ああ、つまり感覚の問題だ。憑依状態の老人はなるほど筋力的なリミッターを壊しているかもしれないが、五感は大した変化がない。それではオレを捕まえるなんて、百年経《た》ってもできやしない。

ついに身を翻《ひるがえ》し、塀へと跳躍しようとした老人が硬直した。

その意味は、明らかだ。

「逃げられませんとも」

と、九鬼が請け負った。

「屋敷に入る前、即席ではありますが私の唾で結界を施しておきました。もちろんそれとて無意識に訴えかけるだけの思いこみですが、思いこみの塊《かたまり》であるあなたは、それゆえにけして打破できないでしょう」

そして、九鬼がもう一度柏手を鳴らす。

「東方朝日の天道血花くづし　ちりまくさの大神様行ひ下す」

手が持ち上がる。

九鬼の言葉が、オレの拳に乗っている。

いざなぎ流陰陽道《おんみょうどう》の祭文だとかなんだとか。オレの知ったこっちゃない。ただ、聞き慣れた言葉は、オレの食欲をさらに煽《あお》る。
横に払った刀を避けて、老人に体当たりする。
馬乗りになった。

「打つけん　飛ぶけん　なぐけん　切るけんと行ひ下す」

打った。何度も打った。
飛ぶように。切るように。拳を振り落とす。
口を開く。馬鹿《ばか》みたいに涎がこぼれる。皺だらけの皮膚に食らいつく。

「生血と切りこむ　白血ときりこむ　青ちときりこむ　黒ちと切りこむ」

血が飛沫《しぶ》いた。
その色は、白とも青とも黒ともつかなかった。月に惑うように、オレは笑っていた。

「東方天道血花くづしの大神ちりまくさの王子と行ひ下す」

そこで、声が途切れたのだ。

いつのまにか、九鬼がオレの目の前に立っていた。

「ああ、大丈夫ですよ鏑木さん。よく見てください」

と、眼帯を撫でて、うなずいた。

池に月光が反射して、やけに眩《まぶ》しかった。

「夏芽さんが喰らったのは、ほとんど親分さんの皮膚一枚だけ。血が飛沫いて見えたのは、それこそが思いこみの主題だからです。これも医学的にはただの迷信ですが、ある意味瀉血《しゃけつ》の一種ですよ。もちろん、骨の二、三本は折れているでしょうが、そこは自業自得ということでご勘弁いただきたい。……ああ、こちらの刀も思ったとおりですね」

老人が持っていた刀を、すでに九鬼は奪っていた。オレにも気づかせないなんて、なんて手癖《てくせ》の悪さだろう。だいたい、こんな暗闇でどうして刀の善《よ》し悪《あ》しなんかが分かるのか。不気味にもほどがあるだろう。

「十中八九そうだろうとは思ってましたが、備前長船の粗悪な贋作《がんさく》だ。三《み》つ棟《むね》や板目肌はいいですが、いくらなんでも焼きが甘すぎる。それでも室見千鶴子がイェイツの刀に見立ててて、十分な時間とまの字を注いだがゆえに、特殊文化財となりえていたのでしょうが、それも今、あらかた使い果たした。抜け殻のようなものです」

こちらも拾っていたらしい鞘に、するりと収める。

それきりで、老人も気を失ってしまった。ああ、これはひどい。なんてことをするんだ。やっとこっちが乗ってきたところで、引っ込めるだなんて。

「ここまでです。夏芽さん」

五月蠅い。

オレは喰い尽くすのだ。

誰だろうと邪魔をするのなら、骨の髄まで喰い尽くしてやる。さっさと退け。いや一緒に喰われろ。だってお前はこんな爺《じじい》なんぞよりよほど美味《うま》いだろう。とっくにその匂いをオレは嗅《か》いでいる。早くよこせ。その肌を剝け。

「ええ、どうぞ」

スーツの袖《そで》がめくられたのも見ず、オレはその腕に嚙みついていた。

喉の奥を、ごくごくと甘い液体が滑り落ちていく。あまりにも甘すぎて香《かぐわ》しすぎて、脳の髄までも痺《しび》れさせる――きっとそれは毒だと思った。かまわない。飲み干してしまえ。

なのに。

もう片方の手で、人差し指と中指が、こちらの口内にねじりこまれたのだ。

食いちぎろうとしたのに、頭が甘く痺れてできなかった。

「行儀が悪いですよ」

と、九鬼は微笑していた。

「ご馳走様《ちそうさま》でしょう？　夏芽さん」

優しい声だった。

つかのま、オレがぽかんと口を開いたほどに。

「……七ツにかきわり　八ツにけわり　玉水こんぱく　みぢんに切つて放つ」

ぴしり、とさきほどの二本の指が刀印となり、オレの額を打った。

それだけで、スイッチが切れるように、視界が暗くなった。

「おやすみなさい」

スーツの胸元に挿さった匂い桜の香りだけが、意識が途切れる最後まで、ずっと鼻腔にこびりついていた。

10

勇作が、鏑木と再会したのは、それから四日ほど後のこと。

いくらか雪のちらつきはじめた、通勤路の途中だった。なお、二匹の猫はすっかり鮫童に奪われてしまって、たまに会社に連れてくるようになっていた。最初に拾ってきた勇作もそうだが、猫の同伴を許すあたり、案外社員に優しい会社と言えなくもない。名目とはいえ、宮内庁指定業者が緩《ゆる》いのはどうかと思わなくもないが。

ともあれ、あんな事件の後、数日ぶりに会った鏑木に、狼狽え気味に勇作は応じた。

「あの、今日はどうして」

「ああ、オヤっさんが目を覚ましたんや。それで礼を言おうと思って」

こちらも居心地悪そうに、鏑木が鼻の頭を掻いた。

「もう一ヵ月ほど入院することになるみたいやけど、命に別状はないそうや。萎《な》えてた足も動くようになって、これならまた歩けるようになるやろうって」

「……それは、良かったです」

吐息が、白く曇る。

あの後STCセンターの休憩室で目覚めた勇作は、あらましだけ聞いたのだが、どうやら親分は入院、鏑木も検査入院していたらしい。とりあえず筋肉痛に苦しむ中、九鬼が出した経費類の領収書に、日暮が頭を抱《かか》えていたことだけは印象に残っている。

「それで、九鬼さんからはもう心配ないと言われたけど……オヤっさんから、これも預けてこいって」

携えていたボストンバッグから、立派な布袋に入った品を渡された。

長細い形状と重みだけで、中身については窺い知れた。

「……あ」

イェイツの日本刀。

あの老人が、師匠に呪われてると思ってさえ、ついに手放せなかった品。

受け取ったこちらの表情を見て、鏑木がぽつりとこぼした。

「憑きものが落ちた――あ、この場合本当にそうなんやろうけど――オヤっさん、そんな感じでな。指示を受けて、屋敷の刀を次々手放してるんや。もちろん、そんなんじゃ償《つぐな》えんこともいっぱいあるんやろうけど」

そこまで言って、ふと顔をあげた。

「あんたも、変わった経歴みたいやな」

「まあ……いろいろと」

曖昧に笑って、勇作は受け流す。

犬神憑き。いつもニコニコしてるおばあが、その話のときだけはひどく困った顔をしていたのを覚えている。――『お前は犬の血が濃い』と。

夏芽勇作にとって、忘れがたい出来事。結局のところ、あの田舎を出た一番の理由はそれだったんじゃなかろうか。逃げて逃げて、大学入学を機に東京まで逃げてきて、そんな自分だから落ちまくっていた就職活動中のとある事件で、九鬼と出会ったのだった。

恩がある、と勇作は思っている。

そんなこと、きっと九鬼は欠片も考えてないだろうけど。

「わいは、それがどういう人生なんかは分からへん。きっと特別な苦労があったんやろうけど……それを本当の意味で理解するんはでけへんと思う。同じ高校中退同士でも、ずっとひねくれてたわいのことなんか、オヤっさん以外誰も分かってくれへんかったから」

つっかえつっかえ、そんなことを、一生懸命鏑木は喋った。

「だから、俺はオヤっさんと一緒にいたい。オヤっさんがやったことはきっと許されないことなんだろうけど、それでも、オヤっさんが償おうとしてくれるんだったら、一緒に弔《とむら》いたい……って思う」

そんな風に、初めて関西弁じゃない口調で話してくれたのだ。

にっ、と強がりみたいに笑った。

「やから、ありがとな。オヤっさんを助けてくれて」

「……いえ」

怯えられるかと思っていたので、その感謝が勇作には嬉しかった。

それから二、三、言葉を交わしてから別れた後、少し歩いたところで、いつもの逞しい同僚が街路樹にもたれかかっていた。

無論、九鬼である。

「お疲れ様です、夏芽さん」

「いつもこっそり覗いてるのは、趣味が悪いと思いますよ」

抗議したが、敵の表情は鋼だ。とりつくしまもない。今日は生花ではなくプリザーブドフラワーのようだが、洒落《しゃれ》た薔薇《ばら》なんか挿してるのがまた憎らしい。数日前に噛みついた腕がどうなったか気にしてるのに、平然とした顔しか見せないあたりも腹が立つ。

ため息ひとつで諦めて、勇作は話題を切り替えた。

「この刀はどうしますか？」

「では預かっておきましょう。イェイツの日本刀としては贋作でしたが、ノルマを果たせた分だけ部長も喜ぶでしょう。保護優先度としてはもう評価外のトクブンですが、それでもこちらに管理が任されるのは点数つきますから」

あのときと同じく、贋作だと九鬼は言った。

「室見千鶴子がまの字を使う際の見立てとして、イェイツの日本刀という情報を使っただけですよ。いろいろ準備を重ねた品でしたから、トクブンとしての意味はありましたが、それも親分さんの憑依で使い果たされ、夏芽さんのあれでほぼ払拭《ふっしょく》されたはずです」

「……そうでしたか」

拍子《ひょうし》抜けな気もしたが、言われてみればつじつまは合っている。そんな貴重な品があるなら、あんな落ちぶれた生活を室見が送ることもなかったろう。

「あれほどの名刀を持っていても、こんな質の悪いものを贋作と見抜けなかった。それほどに親分さんはイェイツの刀に思い入れていたんでしょう」

「思い入れ、ですか」

「ええ、目を曇らせてしまうほどに、親分さんにとって室見千鶴子との時間は魅力的なものだったんでしょう」

だったら、ほんの少し救われる気がした。

かじかむ手を口元にあてて、息を吐きかけていると、九鬼の声が聞こえた。

「この歳《とし》になって情欲と怒りにつきまとわれるとは
なんておぞましいこととあなたは言う。

若いときはこれほど手に余りはしなかったが。

私を歌に駆り立ててくれるものがほかにあるか？」

それも、イェイツの詩だろうか。

情欲と怒り。確かにそれが、かの詩人の原点だったのやもしれない。

きゅっと音を立てて革靴の底が石床をにじり、勇作が眉をひそめたところで、九鬼は改めて口を開いた。

「あれから、独自にもう少し、調査の続きをしていました。夏芽さんに話すべきかどうか迷っていたのですが」

「……はあ」

ぼんやりと相づちを打った勇作に、九鬼は告白した。

「室見千鶴子にとって、田頭の親分さんは、老いらくの恋だったのでしょう」

ぱちん、とパーツがはまった気がした。

たった一枚無事だった写真。喰われると呻いていた親分。

溌剌《はつらつ》としていた写真の横顔は、まさに人を恋うる心ゆえに取っておかれた一枚だったのではないか。

「おそらく、親分さんにはそんな想いはなかったはずです。あくまで、まの字の弟子と師匠としての付き合いだったと思われます。だからこそ、落ちぶれていく自分の姿を見られたくなくて、室見千鶴子は距離をおいたのでしょう。そして、今ならイェイツの刀を奪えるのでは、と貪婪《どんらん》に考えた弟子の呪いにあらがうこともしなかった。従容《しょうよう》として自らの死を受け容れた。――ただ、ひとつだけ、仕掛けを施した」

「仕掛け、ですか？」

「はい。あの喫茶店で、イェイツの日本刀の噂を話したのを、覚えてますか？」

「……あ、はい」

イェイツの刀は災いを呼ぶ。器に足らぬ者は喰われる。

そんなことを、確か九鬼が言っていたはずだ。

「あの話の出所、室見千鶴子のようなのですよ」

「え？」

「室見千鶴子が死ぬ前に噂を流していたからこそ、親分さんが持っていると、私たちも知ることができたんです。うちの人員規模では後手後手に回りがちですから、タイムラグはわりとできてしまいましたが。親分さんが喰われるという風に、自己暗示をかけてしまったのも、この噂によるものでしょう。そして、私たちがイェイツの刀を探してやってきたことで、ついに自責の念に蓋をしきれなくなった」

九鬼の言葉を、茫然と勇作は受け止めていた。

いままでずっと曖昧だった、呪いの発端。その意味。

「じゃあ、あれは」

「どうでしょう。まの字の師匠だったことを考えると、こうした事態につながることは想定していたはずです。普通に考えると、心中のつもりだったんでしょう。ただ、それならもっと確実な方法もあったはずです。……だから、私はもうひとつの仮説を持っています。ただの願望かもしれませんが」

願望。

遠い目になって、九鬼はこう続けた。

「室見千鶴子は、死んだ後、自分のことを思い出してほしかったんじゃないかと。あるいは、昔親分さんと練習した『鷹の井戸』を、もう一度だけ舞ってほしかったのかもしれません」

それは、あまりにもロマンティックな仮説だった。

オカルトからも推理からも遠く離れた言葉。そうだったなんて到底言い切れないけれど、そうあってほしいという祈り。

（ああ、だから……）

だから、室見の家で、あんなに九鬼は厳しい面もちをしていたのか。三十年越しの恋に破れ、諦めたイェイツの話を自分に聞かせたのか。

「私も含めて、特殊文化財に魅入られる者は、おおよそが異端《マイノリティ》です。自らの異端性を慰めるために、受け容れるために、その方法としてまの字や特殊文化財に縋るのです。もっとまともで真っ当な方法があるはずなのに、それを選ぶことができなくて、異形異端の術にありえない希望を託すのです」

しん、と九鬼の声が絶えた。

眼帯を撫でて、隻眼を細め、なぜだか恥ずかしそうに付け加えたのだ。

「……多分、子猫と同じですよ」

自分が拾ってきた子猫のことだと気づくのに、数秒かかった。

「え、と、それは」

「見つけてしまって、そうせずにいられなかったんでしょう？　もちろん、見捨てられなかった理由やきっかけはあったはずです。それでも、行動に移してしまったのなら、それはもう理屈じゃない。心が欲してしまったことに、私たちは逆《さか》らえない。だから、多分同じなんです。あなたが猫を拾ったように、私が特殊文化財を追うように、もっと楽で正しい道があるはずなのに、ほかの生き方なんて選べなかったのです」

だから、あのとき九鬼は似たようなものだと話したのか。自分が特殊文化財にこだわっていることと、勇作が子猫を拾ったことは、大して変わらないことなのだと。

そんなの、すんなり受け容れられるわけがない。子猫を拾ったのなんてほんの気まぐれで、九鬼の話すような生き方につながってるとは到底思えない。

……ああ、でも。

間違いじゃない、と言われた気がした。

自分がやってきたことや、ここに至るまでの時間がほんの少しだけ報《むく》われた気がして、目尻に涙なんて浮かんでしまった。

「馬鹿馬鹿しいと思いますか？　滑稽だと笑いますか？　あなたの子猫がそうだなんて、私の勝手な思い込みですし」

「……いいえ」

と、首を横に振った。

「……いいえ。絶対に」

もう一度、自然と繰り返していた。

おかしいだろうか？

やっと、ひとつ呪いが解けた心持ちがしていたのだ。

この案件で、いやそれ以前からずっと引っかかっていた、泥のような呪詛《じゅそ》。しかし、その泥から生《は》えた一輪の蓮《はす》の花でも見つけた気がして。

ふわり、と雪が舞う。

ほんの一瞬だけど、光を孕《はら》んだ風は、魔法のように温かく感じられたのだった。

〈第一話　了〉

第二話　キプロスの女神

1878年、現在のキプロス共和国レンブで純粋な石灰岩で作られた豊穣の女神の像が発見された。紀元前3500年頃に作られたとおぼしいその像に関わった者たちは次々と急死を遂げ、やがてその像はこう呼ばれるようになった。「キプロスの死の女神像」と。

1

白い煙が、部屋に満ちていた。

阿片窟《あへんくつ》か何かを思わせる、重くて甘ったるい煙だった。あらかじめ吸い込まないように言いつけられていたが、うっかり忘れて呼吸すると、たちまち意識が曖昧に混濁してしまいそうだった。エキゾチックな印象のある香りは、確か麝香《じゃこう》だったろうか。

四角く区切られた小さな部屋の中で、勇作以外の人間はひとりだけだ。

九鬼である。

今日の九鬼は、真っ白な和服を纏っていた。冠《かんむり》こそしていないものの、いわゆる衣冠束《いかんそく》帯《たい》——斎服と呼ばれる類いの神主《かんぬし》装束である。さらに、いつもの眼帯の上から、両目にぐるぐると布をきつく巻いている。威圧感さえある九鬼の正座と、そうした衣装があいまって、狭い部屋がなおさら息苦しく感じられた。

出入り口のそばで立ち尽くしたままの勇作も、咳《しわぶき》ひとつできない。

凄まじい緊張感を張りつめさせた九鬼を、ただ見守っている。

「かしこみかしこみもうす」

低く、バリトンが部屋に流れた。

微動だにせぬまま、九鬼の喉からこぼれた声音だった。独特の口調ではあったが、どうやら祝詞《のりと》であろうということだけは勇作にも理解できた。

「まめびとおほまえにはべりて、たてまつるみけみきをはじめて、うみかはやまののくさぐさのためつものをつくゑしろにおきたらはし、またたたへごとをへまつるさまを、たひらけくやすらけくきこしめしたまへと、かしこみかしこみもうす」

分厚い胸から、分厚い祝詞が響きわたる。

聞く者の背筋を思わず正してしまうような響き。朗々とした音声は、この部屋を洗い清めんばかりだった。

そこで、深々と九鬼は頭を下げた。

「我が国の規《のり》に従い、直会《なおらい》を行う非礼をお許しください」

数歩、膝をつかってにじりよる。

その前に、角盆が置かれていた。こちらは薄板の周囲に低い縁をつけた折敷《おしき》と呼ばれる盆である。皿には魚卵の塩漬けや、焼いた鱈《たら》の稚魚が配されていた。それらの食材からは、麝香とは異なる、食欲を誘うハーブの香りが漂っていた。

ぶわあ、と白装束の袖が舞う。

目隠しをしたままなのに、九鬼は一切の迷いなく、角盆に載った白木の箸《はし》を手に取った。この箸も普通からすると驚くほどに長く、勇作の肘から指先ほどもあった。その箸の先端数ミリだけを使って、盛りつけられた料理を口に運んでいく。

あるいはすっと魚の頭に片手の指を添えて鮮やかにほぐし、あるいは椀《わん》を手にとって、ずずと音をたてて啜りあげる。

まるで、真剣勝負のような食し方であった。

さもあらん。

勇作の視線が部屋の奥へと移る。ちょうど九鬼と正対した位置の台に、ごく小さな石像が置かれていた。けして巧《たく》みではなく、何を模《も》したものかさえ定かではないが、異様な存在感のある像だった。せいぜいのところ人間の頭ぐらいのサイズしかないその像が、まるで悪魔が残した財宝みたいに、今の勇作には恐ろしく不吉に見えていた。

ごくり、と唾を呑み込む。

舌に載せるのも恐ろしかった名前が、いまだけは自然に転がり出た。

「キプロスの、死の女神……」

はたして、こんなことになった経緯は、数日前にさかのぼる。

2

「——つまり、神様の食べ物ですよ」

初めて聞いたとき、つい勇作はきょとんとしてしまった。

STCセンターの事務所である。

手元では、かじりかけのハンバーガーが、安っぽい油の匂いを振りまいている。STCセンターでの食事は、めいめいが勝手に摂《と》ることとなっているのだが、いまだ仮採用中の勇作は近くのファーストフード店で買ってくるのが常だった。多分、下宿前で配っていたクーポンがなくなるまでは、そうしていると思う。

九鬼の場合は、出前のそばだった。

ずず、といい音をたてて、真っ白なそばをたぐっている。おまけに大盛りのカツ丼《どん》もセットにしていて、そばを数口食べては胡瓜《きゅうり》の漬物で口直ししてから、狐色に揚がった豚肉へと挑んでいる。

大食漢というよりも、一口ごとの満足そうな仕草《しぐさ》のほうが印象的だった。

基本的に表情を変えない九鬼なのだが、意外と行動や雰囲気からはそのときどきの心性が垣間見《かいまみ》えることが多く、そばの喉ごしにはしばし陶然《とうぜん》と瞼を閉じたり、カツを頬張った際は満足げにうなずいたりしていて、実はむしろ感情豊かなのではないかとさえ、最近の勇作は思っていた。

ともあれ、自分の手元を見下ろしてから、言葉を返す。

「神様の食べ物……それって、多分ハンバーガーとかじゃないですよね？」

「場合によってはハンバーガーもありえるでしょうね。素材をそのまま供える生饌《せいせん》と、調理して供える熟饌《じゅくせん》とがありますが、よく神棚にお米やお水を供えるのとかは前者です。祭儀が終われば、今度は供えたものを宴《うたげ》で食べることによって、我々は神の息吹《いぶき》を身体に取り入れる。この手の宴を直会《なおらい》と言いますが、夏芽さんもご存じじゃないですか？」

「……あ、はい。田舎の神社でもちょくちょく」

あまり思い出したくない記憶がよぎって、勇作はかすかに眉間を曇らせた。

それに気づいてか気づかずか、九鬼はもう一度そばをたぐり、口元を拭《ふ》いてから続けた。

「もっとも、この手の流儀やお供えの品は、地方や祭神ごとにずいぶん違います。神様の好物が違うといってもいいでしょう。宮内庁では職務上さまざまな神様に対することが多いので、この神饌《しんせん》も幅広いバリエーションを要求されます。たとえば熟饌に使う炎は火打ち石でつけたものでなければならないとか、生饌でも卵と米を規則正しく使って何重にも積み重ねなければならないとかですね。指定業者である我が社でも、これらの決まりをふまえて宅配することが要求されるわけです」

「え、宮内庁への宅配ってそういうのだったんですか」

きょとんとして言った勇作に、九鬼が軽く眉をひそめ、斜め向かいに視線を動かした。

「鮫童さん、説明してなかったんですか」

「ん、そういやしてなかったっけ」

黙って聞いていた鮫童薫子が、椅子ごと振り返った。

こちらも食事中で、湯気をたてるカップラーメンをずるずると啜っていた。特定ブランドの季節限定ものが出るたびに大量に買い込んで常備しているらしく、ビニール袋には『勝手に食ったヤツは三分間熱湯を指の間にかけつづける刑に処す』とやたら達筆な文字が大書されているのだった。

「まあ、別に説明しなくても宅配ぐらいはできるだろ。どうしても必要なのはその都度話してるはずだし。なあ、できるよな夏芽?」

「……は、はい」

陽気な鮫童の迫力に、つい勇作もうなずいてしまう。

入社して以来、勇作のおおよその仕事は、あちこちの倉庫から花やら台座やらを用意してくるような肉体仕事がほとんどだったのだ。あまりに毎日運搬をさせられるので、STCセンターとは実は宅配業か何かの略なのではないかと、真剣に考えていたこともあるほどだ。

その合間に、前回のような——イェイツの日本刀のごとき特殊文化財《トクブン》もたまに紛《まぎ》れ込《こ》んではいたが、勇作が関わらせられることはほとんどなく、結果としてジンカンとはなんぞやと真面目に考える暇もなく、ここまで来てしまったのだ。いや、社会の多くの仕事もそんなものかもしれない。

「あの、でもそもそもなんで、宮内庁に宅配とかしてるんです？」

「ああ。うちの場合、昔は特殊文化財《トクブン》の鑑定やら管理やらがメインだったんだけど、現代で呪詛からの守護とか大真面目に請求書に書くわけにいかないだろ。だからって、このご時世で使途不明金ばっか増やすわけにもいかないんで、それなりに納得できる偽装《カバー》として、神饌や各種儀式の消耗品を宅配する指定業者を始めたわけ。めぐりめぐって、今はその偽装のほうがメインになっちゃってるけどね。まあ時代の流れさね」

そういえば、もともとは明治時代に発足した神祇官（神祇省）が、このＳＴＣセンターの発端だという。天皇を中心とした国づくりに際して、仏教やキリスト教といった国内外の宗教への対策や整理を行うべく設立された組織で、後に皇族や祭祀に関わる部分は宮内庁となり、特殊文化財の鑑定や管理といった部分は分割されて、民間のＳＴＣセンターに移管されたのだというが、いまいち勇作は把握し切れていない。

だからまあ、分からないなりに、とりあえずうなずいておくしかないのだが。

「そういう、ものなんですか」

「だから、部長がノルマノルマって五月蠅いのさ。前期はいくつの特殊文化財を鑑定して以下のような観点から、かくかくのごとく保護ないし管理を指導しましたってね。あの人は昔の神祇省に未練があるし、数字として分かりやすい業績をあげておかないと、そんな予算はないって切り離されかねない。うん、この前みたいな特殊文化財はたまに出るわけだし、いっそ感染型か寄生型あたりを野放しにして、少々の事故を起こしてもらったほうが予算増えるんじゃ……」

（感染型？　病気？）

あまり文化財とはそぐわない単語に、眉をひそめたときだった。

ぞく、と背筋が粟立ったのだ。

振り向くと、九鬼が湯飲みを手にしていた。お茶の表面に目を落としたまま、鉄線でも入ってるような姿勢も美しい。なのに、振り向いたまま、勇作は硬直してしまっていた。

いつもと変わらぬ表情だ。

「……ご冗談でしょう？　鮫童さん」

それもいつもと同じ、至極穏やかな呼びかけだったにもかかわらず、青ざめた鮫童がばっと両手をあげた。

「分かった！　あたしが全面的に悪かった！　勘弁してくれ」

「いえ、お気持ちは分かります。ただ専門家である以上、私たちは常にベストを尽くすべきでしょう」

残ったお茶を飲み終えた九鬼は、ナプキンで口を拭いて、出前に返せるようにさっと皿も洗ってから、新たな申し出をしたのだ。

「ところで、今日は夏芽さんをお借りしてもよろしいですか」

「え」

「そろそろ、約束の時間でして」

九鬼が腕時計を見下ろした。古ぼけてはいるが、自動巻きの、しゃれたモノクロのベゼルの付いた時計だった。勇作には聞いたことがないメーカーなのだが、年季の入ってそうな革のベルトがなんとなく好きだった。

「あ、ちょっと待て。今日の宮内庁の宅配は！」

「申し訳ありませんが、鮫童さんとバイトの方でお願いします。では夏芽さん、ついてきてください」

立ち上がった九鬼が、胸元のフラワーホールに、一輪の薔薇を挿す。

慌てて勇作もその背中を追って、くそてめえ猫を飼ってやった恩も忘れやがってとひたすら文句を言う鮫童を尻目に、ふたりはＳＴＣセンターの事務所を後にしたのだった。

＊

喫茶マクベスの内側は、しんと静かだった。

ブリキの玩具が飾られた窓際から、斜めに昼の光が射《さ》している。上品なジャズがごく控《ひか》えめに流されているが、そのせいで、かえって無音よりも静まりかえって思えた。この前ヤクザの舎弟ともめたときにも使った喫茶店だが、九鬼が贔屓《ひいき》にしているのも、このへんが理由かもしれない。

「よう、九鬼」

と、その相手は喫茶店の奥まったテーブルで手をあげていた。

髪を綺麗に撫でつけて、イタリア製と思《おぼ》しい肩周りの柔らかなスーツを着こなす三十代半ばほどの男性だった。斜めにストライプの入った葡萄色《ぶどういろ》のネクタイもあいまって、いかにも経済誌のコラムあたりを飾りそうな、仕事も遊びもできるエリートといった趣である。

「へえ、そっちが新人の」

「夏芽勇作です」

「文化庁の厚田《あつだ》だ。どうぞよろしく」

にっこりと爽《さわ》やかな笑みを浮かべ、握手する。ひょっとすると握手にもノウハウがあるんじゃないかと思うほど、親しみを感じさせる温かさと力具合だった。

それから、九鬼に向かって、困った風に片目をつむってから首の裏を叩いた。

「すまんな。本当なら文化庁まで来てもらうべきなんだが」

「お気になさらず。無駄に軋轢《あつれき》を生む必要もありませんから」

かぶりを振って、九鬼がきょとんとしている勇作に言葉を添える。

「お分かりかと思いますが、省庁にはＳＴＣセンターを単なるインチキか、迷信を奉じている輩《やから》と思っている方も多いのです。宮内庁の場合、ほかの省庁とのつながりも薄いですしね」

「あ、なるほど」

まあそれはそうだろう、と納得した。

省庁の官僚がことごとく特殊文化財やオカルトを受け容れているとは思えない。というか受け容れていたらちょっと怖い。むしろ、良かった日本はまともだった、なんてよく分からない感想が浮かんでしまう。

「ここの喫茶店、まだ使ってたんだな」

と、厚田が目を細めた。

それから、こちらに席に着くようすすめて、メニューを差し出す。本人はどうやら搾《しぼ》りたてっぽいオレンジジュースを口にしていた。確かこの喫茶店では珈琲か紅茶かココアぐらいしか選択肢がなかった気がするが、裏メニューか何かなのだろうか。

「九鬼とは大学時代の同期でね。成績は九鬼のほうがずっと上だったのに、どんどんおかしなほうに突っ走るものだから、つい見捨てられなくて腐れ縁が続いちまった。で、新しい相棒が来たっていうもんだから、是非一度は拝見しておかなきゃってね。いや、思いのほか真っ当そうだから驚いた」

（九鬼さんの、大学時代からの……）

当たり前なのだが、この謹厳な上司にもそんな時代があったと知らされ、妙に驚いてしまった。生まれたときから顰《しか》め面《つら》で、革の眼帯も胸のブートニアもしていたかのような、馬鹿馬鹿しい妄想を抱いていたことに今更気づく。

そんな表情を観察していたのか、厚田は苦笑して、軽く肩をすくめた。

「いやはや、同情するよ。社会人一年生から、こいつとのコンビは疲れるだろう」

「い、いえ、九鬼さんはすごくよくしてくださってますから」

「おいおいマジか」

目を丸くした厚田が、ポーカーフェイスの九鬼を指さす。

「だって九鬼だぞ九鬼。いつ見てもむっつりで、特殊文化財以外はまるで興味無いような変態だろうが。大学でも一度も飲み会とか参加しなかったヤツが、すごくよくしてくれてるなんつっても信じられ――」

「――で、ご用件はなんでしょうか、厚田さん」

単刀直入に切り出した旧友に、厚田はやれやれといった感じで天井を仰いでから、イタリアンスーツの懐へと指を差し込んだ。

そして樫《かし》の木のテーブルに、一枚の写真を載せたのだ。

「こいつだよ」

デジタル画面ではなく現像した写真だったのは、秘匿性のためだろうか。

最近ではもはやアナクロにさえ思える四角い銀塩写真には、どうやらヒトガタらしい石像が写っていた。石灰岩か何かでつくったもののようで、よほど古いものか、あちこちが丸っこく摩耗《まもう》している。胸元と尻のあたりが豊かに盛り上がっていることからすると、どうやら女性を模したものに思えた。

「…………っ」

ちり、と鼻の奥に火花が散ったみたいな臭いを感じた。

ほんのかすかだが、写真の内側に引っ張られたような、妙な感覚。それを検証するよりも早く、隣で九鬼が何度か瞬きした。

ひどく珍しいことに、その表情に驚愕《きょうがく》の色が混じっているのに、勇作は気づいた。

似た表情は、前の事件、あのあばら屋で一枚の写真を見つめていたときだったろうか。

一連の呪いの発端ともいえる、想《おも》いのこもった写真だった。

淡くうわずった声が、薄い唇からこぼれたのだ。

「まさか……キプロス島の、死の女神……?!」

「さすがと言いたいが、まあお前なら当然気づくよな」

そこで、頼んでいた珈琲が届いた。芳醇《ほうじゅん》な香りが鼻孔をくすぐったが、不吉な名前が出たところで、手をつける気分にはなれなかった。

ストローでオレンジジュースを吸いつつ、とんとん、と厚田が写真をつつく。

「最近、ウチの関連で見かけたヤツなんだが、そっち向けの案件だろ」

「文化庁のですか? ですが、これはスコットランドの国立博物館に保存されているはずでしょう」

「もちろん、そっちにちゃんと保管されてるのは確認取ったぜ。だけど、もともと複数あってても不思議じゃないヤツだろ」

「ええ。発見の状況からして、ほかにもあるとは言われてましたが」

「……あの、何の話です?」

ふたりの会話のちんぷんかんぷんさに耐えられず、つい勇作は口を挟んでしまった。

すると、振り返った九鬼はこほんと咳払いした。先の興奮ぶりを恥ずかしく思ったのか、頬を軽く擦ってから、写真をつつく。

「この像は――今の話だと、これと同じ像のひとつは、一八七八年にキプロス島で見つかったんです」

突然百年以上前の話が出てきて、勇作が面食らう。

もっとも、本当に驚くのは次の言葉だった。

「……現在の研究では、およそ紀元前三五〇〇年頃につくられたものと見られてます」

「紀元前三五〇〇年?!」

まだ日本なんて国が生まれてもない頃だ。

どころか、人類の歴史でも比肩《ひけん》する古さの遺物は珍しいだろう。そんな貴重品が突然現れたことで、九鬼が興奮を抑えきれなかったことも納得がいく。門外漢の勇作でさえ、体温が一度か二度上昇したような錯覚に襲われた。

「ですが、これが死の女神と言われたのにはわけがあります。最初の所有者のエルフォント卿《きょう》は発見から六年たらずで一族全員が死去、次の所有者マヌッチ氏、さらにその次の所有者であるノエル卿もたちまち家族や係累が絶え、ついにスコットランド博物館に収蔵されるまで、持ち主も一族もことごとく死んでいるんですよ」

「――――っ!」

まるで、それはピラミッドの発掘奇譚《きたん》のようだ。

かの有名なツタンカーメンの墳墓に踏み入った調査隊は、とある碑文を見つけたという。いわく、『偉大なるファラオの墓に触れた者に、死はその素早き翼をもって飛びかかるであろう』。はたして碑文は現実となり、調査隊のほとんどが数年内に急死。かのシャーロック・ホームズで知られる作家アーサー・コナン・ドイルまでが言及したこともあり、調査隊は王家の呪いに蝕《むしば》まれたのだという噂がたちまち世界に拡散した。

もっとも、後から九鬼に聞いたことだと碑文はデマであり、結局ツタンカーメンの調査隊で急死したのはスポンサーにあたる貴族ただひとりで、王家の呪いというのは眉唾とのことなのだが、現代でも呪いの代表格として囁かれる伝説なのは間違いあるまい。

そして、キプロスの死の女神とは――

「それは、あくまで昔発見された方だな」

と、厚田が口を挟む。

「このキプロスの女神に、そんなことはない。……とりあえず、死者は」

最後の言葉に、きなくさいものを感じずにはいられまい。

持ち主はおろか一族まで全滅させたなんていう呪いの話を前に、勇作がごくりと唾を呑んだところで、九鬼が当然の質問を切り出した。

「どこで、それを?」

「うん。こいつがちっとややこしくてだな」

厚田がぴらりともう一枚の写真を差し出した。

凜としたショートカットの、十代後半と思しい少女で、ひらひらとしたライムグリーンの衣装を纏っていた。強いスポットライトに照らされた肌も瑞々《みずみず》しく、薄っぺらい写真越しにも目力の強さを感じられる。

「これ、Ramiってんだけど知ってるか？」

「あ、地下アイドルの」

やっと知ってる名前が出てきたので、つい反応してしまった。

これは九鬼の知識にもなかったらしく、興味深げな様子で振り返った。

「ご存じなんですか」

「昔の友達に詳しいヤツがいて……地下アイドルでは結構な有名人ですよね……？」

もごもご、と語尾が曖昧に、珈琲の香りに溶けていく。というか、つい数ヵ月前に別れた大学時代からの彼女なのだが、そんな説明をする気には到底なれなかった。女の子なのだけど同性の可愛《かわい》いアイドル好きで、部屋の中はいつもライブやらイベントやらで買い集めたグッズでいっぱいだったのだ。

勇作も、彼女のそういうところはわりと好きだった。

（まあ、部屋に溢れかえりすぎて、足の踏み場もないもんだから、しょっちゅう喧嘩のもとになってたんだけど）

余計な記憶を懸命に排除していると、ずず、と音がした。

オレンジジュースを飲みきった厚田が、ストローでコップの底に残った果肉をいじりつつ、続きを話す。

「俺も出席してた文化庁協賛のコンサートに来てもらったんだが、そのとき私物として持ってきていたんだよ。なんでも、彼女が海外でライブした際に、フリーマーケットで手に入れたそうでな。カワイイでしょっと、ぬいぐるみみたいに抱きしめてたんだが、正直このへんの感性は分からん」

「なるほど……」

九鬼が、眉をひそめる。

「もともとキプロスの遺物ってのが、歴史的な意義はあっても、金銭的な価値があるタイプの代物じゃないからな。きちんとマーケットを通してる以上は、文化審議会あたりで接収するわけにもいかんし、まともな路線で鑑定しようとすればそのほうが金がかかっちまう。とはいえ見つけてしまったからには放置もしにくい。万が一なんて、いらないこと考えちまう」

ため息ひとつこぼして、厚田は首の裏を叩く。

それから、小さく付け足したのだ。

「……実際、そのコンサートで事故が起きたんだ」

「事故――！」

「ぼや騒ぎでね。幸い客は出した後だったし被害者も出なかったんだが、ずいぶん奇妙な事件だった。……なにしろ火事なんてなかったんだよ」

「へ？」

つい、間抜けな声が出てしまった。ぼやがあったけど火事がない。それじゃまるで禅問答だ。

自分が言ってることがおかしいのは重々承知しているのか、コップに残った氷を噛み砕いて、一拍おいてから厚田が続ける。

「火事だと言い出したのは、ひとりやふたりじゃないんだ。警報まで押されたぐらいでな。しかし、後から入念に調査しても燃えさしのひとつも見つからなかった。スプリンクラーも動かなかったし、館内の温度もまるで変化はなかったんだよ」

「自然発火現象《スポンテイニアス・コンバッション》」

と、九鬼が口にした。

「規模の大きな霊的現象には、しばしば本命の事象とは別に、炎や火事にまつわる目撃証言が出てくるんです。その多くは、近くに火の気などなく、場合によっては今みたいに燃えたものなんてないのに炎だけを見たという方もいます。リンだとかプラズマだとかいろんな仮説がありますが、霊的現象によって視覚情報が錯乱させられるからとも言われていますね」

「ああ、それだ。前に九鬼が言ってたヤツ。アマディオの『泣く少年』とかだっけ。いやあれは本当に火事になったんだったか」

厚田が、ぴしっと旧友を指さす。

妙に霊的現象に詳しいのも、やはり九鬼との交友関係ゆえだろうか。

「でもまあ、これだけだったら、俺も像の呪いがどうとかは考えなかったろうさ。普通に考えればレプリカだろうしな。だけど、もうひとつ妙な話がついてきた」

「話？」

「さっきのRamiがぼや騒ぎの中で幽霊を見た、っていうんだ」

顰めっ面で厚田が自分のこめかみをつつく。

キプロスの死の女神。

地下アイドル。

自然発火現象。

そして、幽霊。

今の話だけで、頭がパンクしそうだった。複雑に結びついたオカルトは、どう絡み合ってるかも分からない知恵の輪のようだ。

「こういうのが続くと、Ramiはともかくマネージャーの方も怯えててな。個人的な依頼になるが、特殊文化財としてSTCセンターに鑑定をお願いしたい。どうだ？　引き受けてもらえるか？」

九鬼を見やる。

とはいえ、返事は分かっていた。

特殊文化財が絡んだとき、彼がどれだけの執着を示すかはもう身にしみている。

「もちろんです。資料を渡していただけますか」

力強く、隻眼の上司がうなずく。

それから数分後、封筒を受け取った九鬼が立ち上がって、出口へ向かった。

すぐに勇作も追おうとしたところで、不意に腕を摑まれた。

「え？」

「夏芽くんだったか」

と、耳打ちされたのだ。

「……あいつによくされてると言ってたけど、本当にそれを信じてるのか？」

何を言われているのか、分からなかった。

もっとも、それ以上は話さず、厚田もさっさと会計をしに、レジへ歩み去っていった。

結局口をつけられなかった珈琲カップが、テーブルの上で寂しそうに影を落としていた。

3

テーブルに置かれたRamiの写真は、厚田が出したのと同じものだった。

ただ、ずいぶんと発色が良く、印象も違って見える。ダンスとともに跳ね上がるショートカットの一筋一筋までが、写真の内側から浮き上がるようだ。おそらく事務所用の見本ということなのだろう。ちょっとした現像にもテクニックがあるらしい。

そして、

「はじめまして、Ramiと言います！」

写真の本人が、目の前で朗《ほが》らかに笑っていた。

驚くべきことに、写真以上に綺麗だった。顔は小さくスタイルはよく、はきはきした声まで粒だってきらめくようで、自分と同じ生物とは思われない。内側から溌剌と溢れるエネルギーに気圧《けお》されてしまうほどだ。それこそファンたちはこういうエネルギーを浴びに、ライブなどへ通ってくるのかもしれない。

「……厚田さんの紹介とは恐縮です」

その隣で、ふっくらとした身体をソファから剝《は》がすようにして、マネージャーが頭を下げた。机の上に置かれた名刺には、芸能事務所マネージャー・井之頭《いのがしら》善吉《ぜんきち》と書かれている。ずいぶん時代がかった名前だが、芋虫みたいな指で揉《も》み手《で》をした姿は時代劇の番頭役でも似合いそうだ。

「文化庁のコンサートのときにはずいぶんよくしていただきました。是非是非またお会いできる機会があればと思っていたんですよ」

「そ、そうですか」

相づちを打って、勇作は応接室の壁をちらと見回す。

さまざまな格好をした少女たちのポスターが、所狭しと貼られている。机には大量の本と書類が積みあがっていて、芸能事務所というよりも雑誌の編集部か何かのようだった。

Ramiが所属する事務所の、応接室である。厚田に紹介されたそこは、ファッション系のビルのテナントで、三階まではきらびやかな海外ブランドのショップが詰め込まれていた。おかげでここに来るまで、ひたすら場違いな居たたまれなさを堪《こら》えなければならなかったものだ。新人研修中の身としては、量販店以外のファッションはかなり目の毒である。

勇作の横に座った九鬼が、落ち着いた声で問いかけた。

「地下アイドル、でしたっけ」

「そうですね。いまはそんな呼び名です。インディーズよりは気が利いてますかね?」

ゆったりとした表情で、マネージャーが頬を拭う。

こうした対応に慣れているらしい。過剰に暖房が効いているせいか、ふっくらした頬を何度もハンカチで拭きながら、にこにこと笑っている。初めて九鬼の眼帯と対峙した者は、たいていヤクザか何かと勘違いして狼狽《うろた》えるのが常なので、少なくとも腹は据わっているといえるだろう。

「あの、申し上げにくいんですが」

と、そのマネージャーが切り出した。

一瞬Ramiの表情にも緊張が走る中で、男は慎重に言葉を選んで、ひそひそ声で続けた。

「厚田さんからは、こういう類いの専門家だと聞いてましたが。……その、厚田さんから聞いたんですが、キプロスの女神とか」

「はい」

九鬼が、厳《おごそ》かにうなずく。

先んじて出していた、名刺の一行を長い指でなぞる。

「私どもは宮内庁神祇鑑定人——略してジンカンなどとも呼ばれております。こちらで承った内容は、けして外に流れることはありませんので、どうぞご安心を」

今の言葉で、少なくともマネージャーはほっと息をついた。

そんな様子に、ふと勇作が小声で耳打ちする。

「……意外と、あっさり信じてくれましたね」

「……もともと、芸能界はヤクザ同様、オカルトと親しみ深い分野ですから」

九鬼が言葉を返す。

それから、視線を移して、少女のほうへと問いかけた。

「では、像を見せていただきましょうか」

「……ぁ」

もどかしげにRamiの喉が震えて、マネージャーが肘でつっついた。

「ほら、どうしたの？　いつも持ってるでしょあれ。むしろ積極的に見せびらかしてるぐらいなのに」

「あ、でも……」

いやいやみたいに、Ramiの視線が彷徨《さまよ》う。

ころころ表情の動く子だな、という印象が勇作には残った。感情の発露が素直なだけに、きっとファンにもよく届くだろう。

「ぜ、絶対コレ、おかしなものじゃないですから！」

「大丈夫です」

と、優しい声で九鬼が諭したのだ。

「たとえ呪いの像と言われていたとしても、我々は先入観だけで判断したりはしません。

専門家として判断を下すつもりです」

「……わ、分かりました」

携えていたバッグから、少女が小さな箱を取り出す。

鼻孔に、辛子《からし》でも塗りたくられた気がした。

強烈な打撃。しかし、現実のそれじゃないのも理解していた。勇作が嗅いだのは、もっと概念的で――主観的なものだ。その証拠に、ほかの誰も似た反応はせず、勇作自身あっという間に痛みは薄れ、白昼夢のごとく消えていった。

(いま、の……)

涙目で考える内に、その箱からいかにも薄汚れた一体の像が出てきたのである。

子供が粘土をこねくりまわしたような、ずんぐりとしたカタチで、まるで土偶みたいにデフォルメされたヒトガタだった。手も足も太く、あぐらを掻くみたいに足を曲げている。少女自身と打って変わって、こちらは写真よりもみすぼらしい。

ただ、見るものを不思議と惹《ひ》きつける――奇妙な吸引力があった。

「か、カワイイでしょ!」

周囲の反応を気にしてか、ショートカットの少女はひしっとスレンダーな胸元にその像を抱える。人によっては羨ましく思う位置かもしれない。もっとも、土偶めいたその像がカワイイという評価に、何人がうなずくかは別だが。

「失礼します」

九鬼は手袋をしてから、その像にゆっくりと触れた。

長い指先が石灰岩の表面を撫でる。最初はとても繊細に、やがてやや大胆に人形の各部へと指先を伸ばし、持ち上げ、矯《た》めつ眇《すが》めつ、あらゆる角度から舐《な》め回すように見やる。

「あぁ……」

と、その唇から、小さく声がこぼれた。

周囲が思わず息を呑み込んでしまうほどに、それは禁断の園でも覗いてしまったかのような、ある種淫靡《いんび》な光景ですらあった。

「いい顔をしてますね。夏芽さんはどう思いますか?」

「え、ええと、そうかも、ですが」

言われてみれば、笑っているようにも思えた。

そもそも顔といえるほどの造作はなくて、その部分はのっぺりとした石灰の表面だけなのだが、印象としてはそんな風に見えなくもない。

「ええ、いい品ですよ」

と、九鬼が改めてうなずいた。

少女がぐっとガッツポーズっぽく拳を握り、マネージャーの側はかすかに唇を引き結んだ。彼にしてみると、良くないものだと断言されて、接収されてしまうほうが望みだったのかもしれない。そういえば、マネージャーの方が怯えているとか、厚田も言っていたか。

その像をテーブルに置いてから、九鬼は矛先を変えた。

「では、怪奇現象のほうの検証といきましょう。ぼや騒ぎと幽霊とのことでしたが、どのような幽霊を見られたんですか?」

尋ねられたRamiが、少しの間口を閉ざす。

思い出したくない記憶だったのかもしれない。それでもほんの数秒ほどで、少女はたどたどしく説明しはじめた。

「それが……あの、ライブの終わった直後だったんですけど、控え室でマネージャーを待っていたら、なんだか寒くなってきちゃって。ライブ後で汗掻いてましたし、暖房つけてたはずなのにひょっとして壊れちゃったのかなって、スタッフを呼ぼうとしたんです。それで、控え室から出たところで、廊下に突然ぼおっと炎が燃え立って……その中に、薄ぼんやりとした、うつむいた影が立っていて」

「なるほど。影ですか」

九鬼の相づちに、勇作の息が寸瞬止まった。

リノリウムの廊下に、突然灯った炎。

その中に現れた人影を想像して、胸の内で何かがはらりと目を開くのを感じてしまったのだ。獣臭い息をつくそれを封じ込めるように、必死でシャツの胸元を握りしめた。

「燃えちゃうって思って……でもすぐに炎もその人も……消えちゃったんです」

「消えたとは、比喩《ひゆ》じゃなくてですか」

「そのままの意味です。……まるで、煙みたいに。あたし、びっくりしちゃって悲鳴も出なくて。しかもすぐに、警報が鳴り出したものだから」

「ほかのスタッフも炎を見たということで、中のひとりが警報を押したんです。でも、結局火事の跡は見つからなかったんですが」

これはマネージャーが言い添えた。

なるほど、そんな幻を見たものが何人もいれば、怪奇現象として噂にもなるだろう。怯えるのも至極自然な反応だ。

「あ、でも、足はありました！　幽霊だったら足はないんじゃ」

「それは後世になって持ち込まれた設定ですね。江戸時代の幽霊画とかでも、円山応挙が流行らせるまでは、普通に足が書かれていますよ。その上で、足があるというのはひとつの検討材料になりますが、まずはこちらをご確認ください」

少女の言葉を吟味しつつ、九鬼が革鞄から分厚い書類を取り出す。

おおよそ拳大ほどはある厚みに、マネージャーが大きく目を剝いた。

「自然発火現象についてはさまざまな仮説がありますが、土地に問題があることも多いですので、先にそちらを確認しました。土中のリンの含有率や、プラズマの発生率などですね。この地図はそれらの事象に加え、周辺の火事や、そのほかの事故の発生件数を比較して、年代ごとにまとめたものです。こちらのレポートは後でお渡ししますし、概要については最初の十枚に書いてありますので、そちらをご覧ください。――で、当のライブ会場についても調べさせていただきました」

意外かもしれないが、このへんの調査は極めて地味に行っている。STCセンターのパソコンにはこうしたデータが集積され、逐次更新されているのだが、今回の事件にそなえて、九鬼が自らもう一度調査しなおしたものだった。

手際よく書類の束《たば》を並べ、目当てのページを開く。

「結論からいえば、ごく最近、一件よく似た目撃証言がありました」

九鬼の声が、しんと応接室に響いた。

マネージャーの唾を呑み込む音が、やたらと大きく聞こえた。気休めほどの拝み屋と思っていたものが、どうもそうではないらしいと悟ったらしく、背筋を正す。

「その、一件というのは？」

開かれたページには、周辺地図と何枚かの写真が添付されていた。

その一枚を指さし、九鬼が言ったのだ。

「先月、こちらのビルで火災の通報があったのです。火事を目撃したということで消防車が呼ばれたのに、何の燃え跡も見つからず、誤報で片付けられたのだと。加えて、その誤報の直後に女性の飛び降り自殺がありました」

小さく、Rami の肩が跳ねた。

見落とさず、九鬼がするりと尋ねる。

「ひょっとして、事故の現場にでも出くわしましたか？」

「あ、あの……そういうわけじゃ」

語尾が濁《にご》り、少女の綺麗な目が下を向いた。花びらに似た唇がきゅっと引き結ばれ、白い膝の上ではほっそりとした指が握りしめられている。理由は分からないが、彼女がその話について何か抵抗を覚えていることは確実だった。

テーブルの像に触れて、あくまで穏やかに九鬼は問いかける。

「どこで、この像を入手されたんですか。海外のフリーマーケットだと聞きましたが、マネージャーさんの話だと、地中海方面には行かれてなかったですよね？」

その言葉に、少女がはっと息を止めた。

今度の逡巡《しゅんじゅん》はやや長く、十数秒ほども続いた。ひどく申し訳なさそうに肩をすぼめ、さきほどの書類の端のほうにそっと手を置いたのだ。

「本当は……このビルで……飛び降り自殺した女の人からなんです」

「はぁ?!」

マネージャーが、素《す》っ頓狂《とんきょう》な声をあげた。

「あの、先月ショッピングしてたとき、たまたま道を訊かれて案内したんです。そしたら、すごく感激されちゃって、お礼にこれもらってほしいとか言われて。てっきりお土産《みやげ》みたいなものかなって」

「Rami ?! 聞いてないぞ！」

「あの、だってまさか、飛び降り自殺するなんて思ってなくて……でも、受け取ったものだから捨てるなんてできないし、ホントにカワイイし……」

「いやいやいやありえないだろ！ そんなの、どう考えてもおかしいでしょ！ というか、自殺者からもらった像をなんで可愛がってるわけ！ ずいぶん気に入ってるみたいだったから、土偶ガールみたいな推し方もできるかなとか考えちゃっただろ！」

口角沫を飛ばす勢いで、慌てたマネージャーが詰め寄る。いや、確かに聞いてなかったなら動転もするだろう。勇作が同じ立場だったら、動揺しすぎていっそ口も利けないかもしれない。

「だいたいそれじゃ、幽霊っていうのもその自殺した……」

すう、と九鬼の指が翻った。

さりげなく胸元の薔薇を引き抜き、いかにも目立つ大輪にほんの一滴何かを垂らして、すうと半円を描く。

それだけで、応接室に鮮烈な香りが広がったのだ。

はっ、とふたりが振り返った。

「シャルル・マルランといいまして、強香品種のひとつです。薔薇には多種多様な品種がありますが、私はこちらが気に入っています。香りの芯に気高さがあって、背筋まで正させられるようなところが特に」

フラワーホールに薔薇を戻して、九鬼は柔らかくふたりに問いかけた。

「落ち着きましたか？」

「……あ、はい」

「や。お見苦しいところをお見せしました……」

頭を下げた少女とマネージャーにかぶりを振って、九鬼は悠揚迫らぬ態度で、スーツの胸元へ手をやった。自然と、さきほどの薔薇に目を惹きつけられる。大輪の花の鮮やかさと凛とした仕草があいまって、逆らいがたい圧力を生んでいた。

呼吸を盗むように、するりと九鬼が口を開いた。

「ご心配されることは何もないかと思います。——拝見した限り、深刻な呪いや、我々の扱う特殊文化財としての事件は、すでに終わっていいます」

（……え？）

何を言い出すのかと、声に出そうになって、口を塞《ふさ》いだ。

勘違いだというなら分かる。呪いなんてなかったというなら、至極一般的な回答だ。だが、終わってるというのは理屈に合わない。幽霊を見たとかぼや騒ぎがあったとかで、自分たちが来たばかりではないか。

Ramiもマネージャーも狐につままれたような顔だったが、対する九鬼はゆっくりとうなずいた。

「ですが後始末は残っていますし、これだけではおふたりの気持ちがおさまらないでしょう。……ですので、私どもから、ひとつ提案があります」

と、付け加えたのだ。

「直会《なおらい》という儀式を試したく思います。その像がいかなるものか見定めるのに、一度お任せ願えないでしょうか？」

4

事務所のビルを出ると、わっと雑踏の物音が耳をついた。

まだ昼下がりで、どんよりした雲間から、頼りにならない冬の陽が斜めに揺れている。

ただ、今は寒風が心地よかった。

なんだか、あの事務所にいた間、別世界にでも連れ去られていた気分だった。実際

Ramiから預かった像は、勇作の持ってきたボストンバッグに入っているので、そこだけがいまだ異界に残されているような妄想にひきずられてしまう。

かぶりを振って、何度か深呼吸してから、気になったことを切り出してみた。

「九鬼さん、さっき薔薇に何か垂らしてました?」

「よく気づきましたね」

と、九鬼が認めた。

手のひらに、小指ほどの、薄い色の瓶を転がしてみせた。

「精油です。友人に手配してもらってるローズオットーですよ。品質こそ高いですが、特別なものではありません。ただ、精油だけでも生花だけでもうまくいかないものが、合わせると効果を出す場合があります。視覚と嗅覚《きゅうかく》を両方押さえられるのが大きいですね」

「それも、まの字の一種なんですか」

「フラワーセラピーなんて言われることもありますが、技術としては同根です。おおよそ人の心に関わるものは、古くよりまの字が手を出していた分野ですからね」

「なるほど……」

まだ、九鬼の肩口からはさきほどの薔薇の香りが漂っていて、それは勇作の意識をつなぎとめてくれてもいた。初めて像を見たときとは正反対の、こちらをそっと支えてくれるような香りだった。

そっと、ボストンバッグの表面に触れる。

街路を一緒に歩き、雑踏に混じりながら、顔をあげた。

「あの」

と、切り出す。

「この事件はもう終わっているって、どういう意味ですか？」

「そのままですよ。本質的に、ジンカンの関わるべき仕事としては決着しています」

「じゃあ、特殊文化財じゃないんですか」

「まさか。あなたの鼻も嗅ぎつけていたでしょう。間違いなく特殊文化財ですよ」

まるで会話が噛み合わない。九鬼と特殊文化財の話をするとたまにあるのだが、こちらと向こうで前提が違いすぎて、宇宙人との会話みたいになってしまう。

九鬼のほうもそれに気づいてか、ふむと唸って長い指で顎を撫でた。

「まあ、このあたりはもう少し待っていてください。結果を見たほうが分かりやすいでしょう。それより、夏芽さんが気づいたことはありますか？」

「ええと……」

言われて、おそるおそる考えをまとめてみる。

「尻が大きくて、いわゆる安産型な体型でしたよね。ということは、昔これをつくった人たちは、多産をお祈りしてたんでしょうか？」

「大したものですね、やはり勘がいい」

九鬼がまっすぐに賞賛する。

気恥ずかしくて、つい視線を伏せてしまったが、九鬼は歩きながら続けた。

「日本の埴輪《はにわ》にもありますけどね。つまりは多産を祈るための偶像です。おそらく、もともとは豊饒《ほうじょう》の女神だったと断定してもいいでしょう」

なるほどとうなずいて、あれ、と勇作は首を傾《かし》げた。

「じゃあ、安全ということですか」

「そのふたつは、たいてい表裏一体なんですよ」

生真面目な——考えてみればいつもそうなのだが——面もちで、九鬼が言う。

「豊饒をもたらすために生け贄を求める。これは洋の東西を問わず、古代の人間が達した考え方です。何らかの実りを摑むためには犠牲が必要だと、人間の脳は自然に考えるようにできています」

九鬼の指摘に、ぞくりとした。

自分の裡《うち》にもある心性だと、納得できてしまったからだ。幸運を手に入れたからには何らかの代償がある。いや、なくてはならないとすら、つい思い込んでしまう心理。本来、幸運と不運には何の関係もないはずなのに、人間の脳は勝手にそのふたつを結びつけてしまう——

「脳の機能としては、ある意味当然でしょう。さまざまなものに因果《いんが》を見つけ、法則性を発見する能力。これがあるからこそ、人間の想像力は発達して、幾多の文明を築き上げました。しかし、すべてがプラスに働くわけでもない。多くの特殊文化財が危険と考えられているのも、同じことですからね」

多くの呪いは思い込みだ、と以前の九鬼は話していた。

脳が生来孕んでいるバグとも言えるだろう。その機能があるから人間は現代までやってこられたが、それが優れているからこそ、呪い《バグ》も根深く刻まれている。

「もっと大事なのは……この像が、短期間に人から人を渡り歩いてることですよ」

と、九鬼が隻眼を細めた。

「自分から主を選ぶ。そのように周囲へ働きかける。持ち主を転々とする呪われた品という話は、それこそ幾多の都市伝説になっていますが、まったく知らない相手から渡されるなんてのは珍しい。だったら、前の持ち主ではなく、この像の方が彼女を選んだと思えませんか？」

確かに、そう言われると、勇作にもなんとなく思い浮かぶ。

同時に、ひどく不吉に思えてきてならなかった。ただでさえキプロスの死の女神と言われてきた像の恐怖が、単なる伝説ではなく、実態をもって訴えかけてくる。右肩に抱えたボストンバッグが倍も重くなるようだ。

飛び降りた自殺者から渡された、女神像。

いや、もとを辿れば、一体どれほどに巻き戻るのだろう。この女神が本当にキプロスから渡ってきたのなら、どれだけの人々の手を渡ってきたのか。泥の海から何百と伸ばされた手が像を摑み上げては順繰りに渡していき、手放したものから泡となって崩れていくところを、勇作は想像した。

まるで、それは……

「モノに、意思があるみたいな……」

「はい。生きている、と表現しても過言ではないでしょう」

滔々《とうとう》と、九鬼の声が薄っぺらな陽光にほどけていく。

「特殊文化財にはね、こういうケースがあるんですよ。モノのほうに意思があるとしか思えないケースが。生きているとしか思えない、理屈に合わない場合が」

ああ、その唇はなんて嬉しそうなんだろう。

こぼれた白い吐息までが、淡く色づいているようだ。

いつもしかつめらしい九鬼が、そんな表情を見せるとは思わず、しばらく茫然としていた勇作だが、気を取り直して尋ねた。

「じゃあ、Ramiさんが見た幽霊っていうのは、やっぱりキプロスの死の女神のせいだっていうんですか？　女神像のせいで飛び降り自殺した人が、幽霊で出てきたんだって」

「だから、直会なんですよ。事件としては終わっていても、後始末は必要です」

と、九鬼は囁いた。

「問題は……間に合うかどうかなんですが」

「間に合う?」

「ええ、これぱかりは予断しがたい。何しろ私は致命的に勘が悪い」

何かの冗談みたいなことを言って、九鬼はふと空を見上げた。

それが飛び降り自殺者が出たビルの方向だということに、やっと勇作は気づいた。ここに来る前に、おおよその地図は頭にいれていたらしい。

「ですから、あなたの協力に縋りたい。お願いできますか、夏芽さん」

「そ、それはもちろんですけど」

「よかった」

うなずくと、眼帯の上司は子供みたいに相好を崩した。

虚を突かれて、勇作が何度か瞬きする内に、九鬼が携帯を取り出したのだ。

「もうひとり、さっきメールでお願いしておきました。今回の場合、素材や調理についても、キプロスの女神用の調整《チューン》が必要になります。この手の変則的な調理を任せられる料理人は、私にはひとりしか心当たりがありません」

「料理人?」

つい聞き返してしまった勇作の耳に、覚えのある名前が入ってきた。

「鮫童さんですよ」

5

――よって、冒頭につながる流れだった。


直会《なおらい》。

キプロスの死の女神を祀るため選ばれたのは、平凡なビルのレンタルオフィスだった。

白い装束を纏った九鬼は、真剣そのものの気配で膳《ぜん》と向き合っている。

手にした箸の先まで、痛いほどの緊張感が漲《みなぎ》っていた。目隠しをしたままの動きからは何の不自由も窺えないが、そのひとつずつの挙措を実行するために、九鬼は極度の集中力を費やしているのだろう。見ている勇作のほうが異様な雰囲気に呑まれて、どうにかなってしまいそうだった。

(……なんで、こんなに)

咳《しわぶき》ひとつどころか、呼吸さえままならない。

びくり、とその肩が震えた。

背後の扉が、突然開いたのだ。

「ああもう、苦労させやがって」

肩を鳴らして、そこから現れた鮫童が唇の端をつりあげたのである。

こちらは九鬼とうってかわって、動きやすいラフな私服にエプロンをつけているだけだ。ちょうど食している最中の九鬼を見やり、かすかに安堵《あんど》がこもった息をついた。

「あー、どうにか形にはなったみたいだな」

「……あれは、鮫童さんが全部？」

「ああ、キプロスの魚を直輸入してるところに話をつけて、レストランに運ぶヤツをちっと分けてもらったんだ。急ぎだってんで足下見られたぞ、ちくしょうめ」

胸くそ悪そうに舌打ちする。整った顔がこれでもかと歪むが、それがいいのだという嗜《し》好《こう》の者もいるだろう。

調理する場面は入室厳禁ということで、直接見てはいない。ただ、いつも変わり種のカップラーメンばかりを常食してるこの女性が、今回の膳をすべて揃えたという事実に、密やかな衝撃を覚えていた。

ゆっくりと呼吸する。

ＳＴＣセンターのもうひとりの先輩の登場で、やっと頭が巡ってきた。

九鬼の邪魔にならぬよう、声をひそめる。

「それって、やっぱり向こうのものが必要だったんですか」

「要するに、神様と向かい合うのでも人間に向かい合うのでも同じだよ。礼を尽くしてるのだっていうのを、ちゃんと伝わるようにやってるかどうか。相手の国の素材を使うなんてのはそのひとつだ。接待されるときに、自分の故郷の食材が出て来たら、ちょっと嬉しくなるだろ。もちろん、わざと外す場合だってあるぜ」

いかにも面倒臭そうに、鮫童はため息をついた。

「たとえば、魚卵系が多いのは、あれが多産と豊穣の女神だからだよ。当時の資料を漁《あさ》りなおすと、案の定、ボラの卵の塩漬けがよく捧《ささ》げられてたみたいでな。今でもボッタルガって言って、イタリアとかギリシャとかで出てくる食材さ。要は日本でいうところのカラスミな。まあ中世には痛風になるからって避けられてた料理でもあるんだけど、紀元前三千五百年まで戻れば関係ないだろ」

言われてよくよく折敷の上を見ると、まず中心の貝殻にどんと置かれているのが魚卵の塩漬けだった。軽く炙《あぶ》ってあるらしく、表面に焼き跡がついている。

さらにホタテや鱈の焼き物や、ワカサギっぽい小魚の揚げ物、烏賊《いか》と蛸《たこ》などを貝殻の小皿に盛りつけて、大量に配していた。香りづけにワインや魚醬《ぎょしょう》も使われているようで、神主装束の九鬼が漆塗りの箸をつけると、ふわりといい匂いが波打った。

まずは塩漬けを口にして、十分に味わってから、小魚の揚げ物。

一口で呑み込んで、次はハーブを添えられた烏賊。

つい、唾を呑み込んでしまう。

「んで、ホタテの焼き物や貝殻の皿使ってるのは、あれが多分アプロディーテの原型だろって推測。ほれ、お前だって『ヴィーナスの誕生』の絵ぐらい見たことあるだろ。美の女神さまが海の泡から生まれたってんで足下に貝があるやつ。場所からしてあのへんの女神の系譜だろうって見当つけたわけ。酒は向こうの流儀に沿って、なるだけ古い品種で水割りのワイン。味付けに使ったハーブも、だいたいあのへんで採れるオレガノとかコリアンダーとかで間に合わせてる」

さらさらと鮫童の口から出てくる言葉に、勇作は目を丸くした。

直会そのものは神道の儀式だそうだから、当然決まりはあるのだろうと思っていた。しかし、それをキプロスの女神に合わせるために、この先輩がそれほど細やかな注意を払っていたとは。

食欲をそそる香りも、そんな説明を受けるとまるで別物に思えてくる。

「その上で、九鬼がキプロスじゃなくて日本の装いなのは、あくまでこちらの儀式であなたを迎えますよというジェスチャーだ。どこまでいっても、こいつは日本の儀式だからな。そこのところをきちんと提示しておかないと、神様に怒られても仕方ない。麝香を焚《た》いてるのもそうだし、ああして目隠しをしてるのも、直《じか》に神様を見るのは恐れ多いからっていうわけだ。似たところだと、日本でも双身毘沙門《びしゃもん》の像とか行者《ぎょうじゃ》以外が見たら死ぬとか言うしな」

びくり、と肩が震えた。

見たら死ぬという話が、キプロスの死の女神と重なり合ってしまったからだ。

ただ同時に、そんな荒唐無稽《こうとうむけい》な伝説に、真正面から向かい合っている九鬼や鮫童に圧倒されてもいた。

ひとつひとつに理《ことわり》がある。理があってこそ、呪いも魔術——まの字も通じるのだと、九鬼も鮫童も語っているのだ。ほとんどの呪いは思い込みだなどと言いながら、ふたりの視線はそれを超越したところへ向けられている。

「前に、九鬼さんが呪いの多くは思い込みだって言ってました」

ふと、口がそんな言葉を紡いでいた。

「なのに、九鬼さんや鮫童さんは、どうしてこんなにも心を注いでるんですか？」

「あん？　もともと、あたしたちの触れるものは全部思い込みだろうが」

牙みたいに、鮫童が歯を剝いた。

「同じ林檎《りんご》の色を見ても、同じ赤色だと口で言っても、実際に見ている色は違うかもしれないなんて使い古された言い回しがあるけどな。あたしたちは、どうやっても他人の世界には生きられない。他人の認知《おもいこみ》には入り込めない。だけど、特殊文化財やまの字はそれをほんの少しこじあける。あるいはこじあけてしまう。だからこそ、ほかで受け容れてもらえなかった、ほかにやれることがなかった相手でも縋ってしまうし、迂闊《うかつ》にも効果を発揮してしまう。自然発火現象《スポンテイニアス・コンバッション》ってのも、リンやプラズマじゃなきゃ、たいていはそんな風に認知がおかしくなった人間の視界が歪んで、火事が起きてるって誤認することから起きる現象でさ」


その言葉は、九鬼の台詞と重なってしまう。

まの字に関わる者は、もうほかに手段がないのだと。

もっとまともで真っ当な方法があるはずなのに、それを選ぶことができなくて、異形異端の術にありえない希望を託すのだと。

軽く、鮫童が自分のこめかみをつつく。

つい語ってしまったのを今更恥ずかしく思ったのか、鮫童が苦笑する。

「まあ、脳なんていまだに未知だらけの分野だ。猛獣の唸り声を恐ろしく思うのは、獣が危険だと知ってるからじゃなくて、原始時代に猛獣に襲われた記憶が遺伝子に刻まれてるからだなんて、大まじめに言われてるぐらいでな。だったら、あたしたちの認知も、古くからの遺伝だったり……他人のそのまた他人からの感染かもしれない」

「他人からの、感染」

「そうだよ。だって、しょっちゅう言われるだろ。空気を読めってさ。言葉や文章にしなくても、人間《あたしたち》の間では通じる。というか通じてしまう。あくびひとつ、仕草ひとつで、無意識の感情だって伝わってしまうんだ。だったら、同じく無意識の思い込みだって、ウィルスみたいに人から人へ感染してもおかしくないさ。特殊文化財の中でも、そういう方向性に特化したやつは感染型なんて言われるんだけどね」

荒唐無稽な話を、勇作は否定できない。

そのことを、自分の身体が知ってしまっているからだ。

認知によって、人間がいともたやすく壊れて、いともたやすく踏み越えてしまうことを、頭よりも身体で理解してしまっている。人間をやめて犬になってしまうのが、あんなにも簡単で、あんなにも甘美だと、忘れられないほど脳に染《し》み込《こ》んでしまっている。

そんな認知が、無意識の内に、他人にも感染するというなら？

個人にとどまらず、ひとつの集団、ひとつの地域、ひとつの国家、いいや国境さえ飛び越えて世界に影響を及ぼすほどの感染拡大《パンデミック》。

その認知に感染した、女神の像の持ち主が、本当に死んでしまうほどに。

「STCセンターは黴《かび》が生えて、宮内庁からも放り出された吹《ふ》き溜《だ》まりだけど、それでも多分吹き溜まりなりの意味はあると思うね」

「…………」

なんとなく、分かった。

確かに、彼女たちは守っているのだ。たとえ、それが現代の科学では否定されるものだとしても、人間の脳に刻み込まれた呪い《バグ》から、迂闊に触れてしまった人々を守ろうとしている。

（……でも）

本当に、それだけだろうか？

鮫童と九鬼の間でも、何かが違う気がした。

うまく説明できないのだけど、その違いはとても大切で、けして無視してはいけないような――

「お前さ、九鬼をどう思ってる？」

不意を突くみたいに、鮫童から訊かれた。

「え？　ど、どうって、すごい人だと思ってますけど……ええっと、一番近いのは、恩人でしょうか」

「ああ、就活片っ端から失敗したところを拾われたんだったっけ？　それとも最愛の彼女にフラれたんだっけか？」

「傷口に塩をすりこむどころか、ねじりこまないでください」

遠慮無い言葉に、つい声が大きくなってしまいそうなのを、すんでで堪える。

少しだけ、本気の不満が覗きそうになった。あのときの九鬼には本当に救われたのだ。

田舎から東京に逃げてきて、結局自分から逃げきれなくて、どうしようもなく行き詰まっていた自分に、九鬼は手を伸ばしてくれた。

だからこそ、迷いなくSTCセンターにいられるのだ。

「はは。そいつは失礼。ここが弱点だとみると、ついほじくりかえしたくなる性分でさ。日暮部長が十円ハゲできたときは、うっかり毎日つついては怒鳴られたもんだ」

悪意百パーセントどころか百二十パーセントである。

何にせよ、女上司はうなずいてから、軽く目を細めたのだ。

「…………」

「な、なんです？」

狼狽えた勇作をじっと見つめて、鮫童はこめかみを揉む。

「いや、すごいというのも間違えてないさ。ありゃ確かに普通じゃない。特殊文化財にあれだけのめりこめるのも、ほかにいないだろ。だけど、それは……」

「終わりました」

何かしらを続けようとしたところで、九鬼が振り返ったのだ。

立ち上がり、しゅるしゅると布を外す。それから粛々《しゅくしゅく》と盆を持ち上げた。

「夏芽さん。残った一口を、あなたもお願いします」

「って、ええ?!」

仰天した勇作が硬直し、鮫童も形の良い眉をひそめた。

「おい。いいのか九鬼」

「間に合うかどうかは分かりませんが、最速の手段をとる必要があります。どちらにせよ夏芽さんにお願いしないといけませんので」

「……はん。本当に仕事熱心だなお前。ほれ行っとけ」

そのやりとりの意味は分からなかったが、隣から思い切り肘でつつかれ、脅されるように九鬼の前へと促《うなが》された。

そうなってしまえば、もはや逃げようがない。

「……わ、分かりました」

うなずき、箸を受け取る。

膳の上で、貝殻の皿に残っていたのは、確かに勇作の目から見るとカラスミだった。ギリシャの味付けというだけあって、淡くオリーブオイルか何かをかけてから軽く炙られたらしく、やたらといい香りがしている。

渡された箸でおそるおそるつつき、意を決して、ぱくりと口に入れる。

意外とクリーミーな食感だった。噛みしめると、バターにも似た濃厚さとそれでいて爽やかな旨《うま》みが流れてきて、舌を喜ばせる。

（……あ、美味《お い》しい）

と思った次の瞬間だった。

ほんの一瞬だけ、ひどく生臭いものを感じた。

まるで内側から大量の生き血がこぼれ出たみたいな、異様な鉄臭さと磯《いそ》臭さ。だけど、それはどうしようもなく甘美で、喉から下腹部までが痺れるような――

「……ぁ」

嚥下《えんか》して吐息がこぼれたときには、その感覚は消《き》え失《う》せていた。

なんだか、カラスミの形をした霞《かすみ》でも食べさせられたような気分だった。瞬きして胸のあたりをさすって、箸を膳に戻した。

「それで……何が?」

訊いたとき、かたん、と音がした。

振り返れば、小刻みに像が震えていた。

最初、地震でも起きてるのではないかと思った。しかし、明らかにそんなこととは関係なく、勝手にガタガタと震えている。

「九鬼さん!」

瞬間、九鬼も振り返った。ぐるりと回した手で人差し指と中指を揃え、低い一喝とともにさっと縦に打ち振る。刀印――あるいは天沼矛印《あめのぬぼこいん》とも呼ばれるそのカタチが何を薙《な》ぎ払《はら》ったのか、ただ女神像の震動はぴたりと止まっていた。

「何を、見ました？」

「へ、変な音がして……像が震えて……」

そこで、奇妙なことに気づいた。あんなにはっきりと震えていたのに、九鬼には見えなかったのか。

「ラップ音と同じか。儀式の参加者以外には聞こえない音」

隣に立つ鮫童が、不快そうに腕を組んで呟く。

それから、九鬼がさらに尋ねた。

「震えてるように見えた。ほかには？」

「あの……あ……」

もう一度、勇作は硬直せざるを得なかった。

ぼんやりと、影が立ち尽くしていたのだ。

女である。

像のすぐそばに、長い髪の女が浮かんでいた。

直感した。Rami が見たというのはこれだ。長い髪。うつむいた顔。足はあるけれど、この世のものとは思われない、幽玄のたたずまい。視界にいるだけで、気温が数度下がっていくこの感覚。

そして、勇作が瞬きしたときには、もう消えていた。

煙のごとき――あるいは朝陽《あさひ》を浴びた霜のごとき儚《はかな》さであった。

「…………」

絶句したまま、振り向いたが、当たり前のように九鬼も鮫童も反応していなかった。

自分だけがおかしくなったのか、と怖くなった。皆が見ている中で、たったひとり自分だけが正気から外れてしまったのか。妄想と現実の境目はひどく曖昧で、いまにも床が崩れ去って暗闇に呑み込まれてしまいそう。闇雲な不安と衝動を堪えるだけで精一杯なまま、うめき声も喉からは出てこない。

ただ、

「……そうか。見えたのか。視《み》えるのか」

鮫童の同情するような声音だけが、しばらくの間忘れられなかった。

6

夢に、香りはあるだろうか。

少なくとも、そのときの勇作は感じていた。

潮の香り。岩場の多いかの海では海草が育ちにくく、ゆえに匂いもひどく淡いものだった。だからこそ、この海に生まれ育った人々は、より透徹した美しさを海に見出《みいだ》していたのかもしれない。海の泡より生まれた女神を美の化身と崇《あが》めたのも、同じ理由だったろうか。

その香りの中で、ひどく勇作は寛《くつろ》いでいた。

多くの人々が自分のもとを訪れ、豊かな海の幸を届けてくれた。豊穣は自分のおかげだと笑っていた。あるいは赤ん坊が授かったとか、乳飲み子とともにやってきて、お礼を言ってくれた。長い長い間、彼らの行き来が途絶えることはなく、顔ぶれは変わっても移ろわざる愛《いと》しい営みを、自分は見つめ続けていた。

ずっと、そんな時間が続くのだろうと、信じていた。

しかし、その光景は暗転する。

戦争だったか死病だったか、里は滅びを迎えていた。

自分の神殿もただの廃墟《はいきょ》と化し、何千年もの間、誰も祭りを行わず、ただただ闇の中に放置され続けた。ああ、無限とも思える歳月の果てに掘り返されて、陽の光を浴びた後、死の女神だと叫んだのは誰だったろう。かつての人々とはまるで違う服装。まるで違う言葉。同じ生物だとさえ思えず——

それでも、叶《かな》えようと思ったのだ。

かつてのように。願われたように。想像されたとおりに。

その結果が反転したのはいつのことか。あの闇か。それとも光の中か。

倒れる人々を見た。病に苦しむ男を見た。事故で急死する女を見た。昔の里がどうだったかどうかは定かじゃない。海の香りはもう覚えてない。代わりに鉄錆《さ》びた血の臭いだけが、どうしようもなくこびりついていた。

何度も、何度も、何度も、何度も、繰り返して、

「――あああああっ！」

掛け布団を弾《はじ》き飛《と》ばすようにして、勇作が跳ね起きた。

自宅の部屋だ。九鬼との直会の後、異様に疲れを感じて、夕食も摂らずに床についていたのだが、ほんの一時間も寝ない内に起床してしまったらしい。なのに、異様に長い悪夢を見た気分だった。

びっしょりと、喉まで汗を掻いていた。

「なんだったんだ……いまの……」

非現実な儀式に立ち会ったせいで、影響でも受けたのだろうか。ともあれ、パジャマの袖で汗だけを拭って、無理やり目をつむることにした。羊でも数えよう。昔から寝付きがいいことだけは取り柄だったんだから。

寝直した、

そのはずだった。

だけど、気づくと、夜の道に立っていた。

「……え？」

風の冷たさで、異常に気づく。

部屋の外どころか、見たこともない道だった。ぽつんと立った電灯から、しらじらとした光が零《こぼ》れている。自動販売機の間を猫が行きすぎて、そらっとぼけた声で鳴いた。

一応、自分もパジャマから着替えてはいた。一体いつ着替えたのだろう。昼に着ていた服とも違っているが、夢遊病にでもかかったのかと、ほかの持ち物を確認しかけたところでぞくりとした。

あの像をいれたボストンバッグを、持ってきていたのだ。

肩に掛かる重みよりも、ただただバッグ自体が気味悪く思えてならなかった。さりとて捨てることもできず、動揺しつつ周囲を見回すと、さらなる驚きが待ち構えていた。

「夏芽、さん？」

一瞬の間をおいて、ちょうど曲がり角からやってきた影が問いかけてきたのだ。

チェックのマフラーを巻いた、ショートカットの少女に見覚えがあった。

「Ramiさん」

「どうして、ここに？」

こちらが聞きたかった。

どうして、自分はこんなところにいるのか。

この少女と出会ったのは、本当にただの偶然なのか。

「いや、その、ちょっと歩いてみたくて。Ramiさんは？」

「あたしは、スタジオからの帰りなんですけれど」

曖昧に誤魔化して訊き返すと、少女は学生鞄を持ち上げて見せた。どうやら、学校の帰りに直接スタジオに行ったらしい。それでいて制服じゃないのは、うっかり補導されないためだろうか。

変な誤解をされないかと冷や汗をかく勇作の前で、ほっ、と少女は深く息をついた。

「良かった」

「……何が、ですか？」

「あの、実は、さっきから……」

絞り出すような声だった。

後ろの道を振り返り、切れ切れに囁く。

「さっきから、誰かが、ずっと追ってきているような気がして」

「追って？」

頭を巡らし、勇作も目を凝《こ》らす。

暗闇の中に、何も浮かび上がってはこない。足音もない。異様に感覚が研ぎ澄まされていて、壁の向こう側で風に吹かれる落ち葉の数だって分かりそうだ。

なのに、ひくひくと勇作の鼻が動いた。

（……何かの、香り？）

頭の裏で弾けるような、遠い国を思わせる香り。

オリーブかなにか。地中海に包まれた小さな島を、どうしても思い浮かべてしまった。

それはさきほど夢で見た光景と一致しすぎていて、これ以上考えると、一歩も動けなくなってしまいそうだった。

（……え？）

手元で、ぶるぶるとボストンバッグが震えた。

その異常に愕然としていると、新たな音が聞こえたのだ。


ぎり、がり。

確かに、そんな音がした。
振り返っても、Ramiの表情に変化はなかった。勇作だけに聞こえている音らしかった。
――『ラップ音と同じか。儀式の参加者以外には聞こえない音』
鮫童の言葉を、思い出した。

だったら、これも。


ぎり、がり。

がり、ぎり。

がり、ぎり。


鎖の擦《こす》れるような音。

不吉で耳障《みみざわ》りで、どうしようもなく不快感を掻《か》き立《た》てる響き。

携えたボストンバッグがぶるぶると震えて、今にも飛び出してきてしまいそう。うっかりジッパーを開けば、パンドラの箱みたいに、そこから災いが噴き出しそうだ。

(出るな……)

必死に、押さえつける。

いいや、もう気づいてる。鎖の音も香りも自分の外でしているんじゃない。

これは、自分の内側の狗《いぬ》だ。ずっと目をそむけていた――そむけていたかったモノ。

心臓が嫌な感じに跳ね上がる。どきどきと五月蝿いぐらいに、鼓動が頭の中を埋め尽くす。その鼓動に合わせて、胸の内側で、何かが獣臭い息を吐き出している。

九鬼に出会ったあの日、自分の中で破裂しそうになっていた獣。

（今は、出るな……）

九鬼がいないのに、自分の鎖を手放してしまえば、止める手段がなくなってしまう。

うずくまった自分へ、心配そうに少女が寄り添った。

「夏芽さん？」

「離れ……て……Rami さん」

駄目だ。えずく自分の内側で、膨《ふく》れ上《あ》がってくる。抑えていられない。

目覚めた犬が首をもたげ、五臓六腑《ごぞうろっぷ》を食い漁る。高らかに吼え、精神《こころ》を噛みちぎり、もういいだろうと囁きかける。初めて九鬼と出会ったあの日のように、もう手放してしまえと訴えている。

黒い犬が、嬉しそうに嗤《わら》う。

自分の肩口に触れた女の手が柔らかそうだと、愉悦に牙を剝いている。これ以上指一本、髪の一筋でも動かせば、耐えられなくなってしまいそう。さっきの音だ。とっくにひび割れた鎖で猛獣を縛っているような感覚。鎖はおそらく自分の人格《たましい》。一度砕けてしまえば、きっと元には戻らない。ああ、なんて、それは甘美な……

突然、視界を白い痛みが埋め尽くした。

強烈な光が、こちらを照らし出したのだ。

バイクだった。機種名は詳しくない。だが、ライダースーツを纏った相手がヘルメットを外すと、九鬼の顔が現れた。

「お待たせしました」

と、いつもの落ち着いた声で、上司は呼びかけてきた。

「九鬼、さん……」

「大丈夫です。夏芽さん」

しゃがみこんだ自分に、バイクから降りた九鬼が手を伸ばす。

あの雨の日、初めて出会った公園のときと同じように。なのにどうしてだろう。まるで同じなのに、九鬼から感じられる気配が、こうも不吉に——いっそ悪魔的に思えるのは。

冷たい指先がこちらの目元に触れる。

医者みたいに瞼を持ち上げ、ヘッドライトの光に晒《さら》す。

「ああ、まの字の濃さにあてられてますね。やっぱり、夏芽さんは嗅いでくれましたか」

「嗅いで……」

「だったら追えるはずです。十分に、憑き餌は揃った。情報が濃くなったでしょう」

濃くなった、と九鬼が言う。その意味は否《いや》が応《おう》でも分かる。自分の鼻腔《びこう》いっぱいに、あの臭いが広がっている。

だから、気づいた。

こんな絶妙のタイミングで、九鬼が現れた理由。

「じゃあ、九鬼さん」

直会とは、神の息吹を身体に取り入れる行為だと言ってなかったか。つまり、あの儀式は像から何らかの情報を得るためにやったのではない。勇作に神の息吹を取り込ませる——女神の呪いを勇作に取り込ませるためにやったのではないか。

だが、それ以上考えていられない。

胃の底から滾々《こんこん》とわき上がる衝動が、自分を駆け出させようとしている。

「ですが、今回は夏芽さんの意識も保っていただかないと困ります」

ぱん、と九鬼が柏手を打った。

その清冽《せいれつ》な音に意識を持って行かれた瞬間、新たな言葉が耳に食い入った。

「神が守目、神楽の役者、式法次第をしまいらしようと、その御時の、たしかな前立て、後ろ立て、頼みまいらする——」

刀印が、額をついた。

かすかに、衝動が落ち着いた。

しかし、香りはほとんど眼に見えるほどに、そう錯覚するほどにははっきりと認識できていた。九鬼の唱えた祭文《さいもん》は、そうした効能を秘めていたらしかった。

「乗ってください」

予備のヘルメットをかぶらせ、九鬼はバイクの後部座席に勇作を座らせた。自分の身体なのに自分のものではないようで、ふわふわとした浮遊感と虚脱感、喉元から下腹部までを串刺《くしざ》しにされるような悪寒が同居していた。

「Ramiさん。申し訳ありませんが、また釈明させてください」

そう言い残して、九鬼がバイクを発進させた。

7

頭の中を、炎が渦巻いていた。

ひたすらな熱量が、脳細胞を何度も何度も攪拌《かくはん》している。とっくの昔に勇作はバラバラになって、たまに断片がよりあつまっては、意識らしき小さな火花を明滅させた。

「次は右……三つ先を左へ……」

譫言《うわごと》のように、臭いの続く方向を口走っている。

それだって、ほとんど意識していない。ただ九鬼の背中に身を任せてるきり。過剰に増幅された感覚は、バイクの速度も周囲の光景も、そればかりか通り過ぎたコンビニの店員の話し声さえも捉えていたが、膨大な情報に勇作はただただ溺《おぼ》れていた。

「聞こえますか、夏芽さん」

バイクのエンジン音にかき消されそうなものなのに、その声もはっきり聞こえる。

「ああ、返事できなくてもかまいません。話を聞くだけでも、意識をつなぐ役に立つでしょう」

実際、その言葉だけが命綱だった。

言葉を言葉だと認識できる間は、自分を手放さずにすむと思った。蠟燭の炎のごとく、今にも立ち消えそうな自我《エゴ》に、勇作は必死にしがみついている。

「自殺者について厚田さんを通じて調べてもらってましたが、都内のオカルトサークルに参加していたのが判明しました」

と、九鬼が囁いた。

「前回の室見千鶴子みたいなプロじゃない。きっと面白半分だったんでしょう。キプロスの死の女神といえば、その筋でも有名な代物です。おそらくは中のひとりがたまたま今回の女神像を手に入れた。出所はそれこそRamiさんが最初に言ってたようなフリーマーケットだったかもしれないし、好事家《こうずか》同士のコネクションかもしれない。昔と違って、ネットのある現代は極めて簡単に海外ともつながってしまいます。価値を理解されぬままアンダーグラウンドで流通する美術品は、無数に存在します」

都会の夜空だというのに、星のひとつずつがはっきりと見えた。

光の数が、九鬼の話す美術品に紛《まが》った。

「そして、不幸にも、女神像は極めて強大な特殊文化財《トクブン》だった」

と、囁きが続く。

「どこかで、持ち主の女性も気づいたのでしょう。これが面白半分ですむような代物ではないと。だから、どうにか押しつけられる相手がいないかと必死に考えた。洋の東西を問わぬ原則として、この手の呪いの代物は捨てるだけでは駄目なんです。きちんと所有者が変わった、これでもう安心だという認識が必要になります」

（……じゃあ）

案内してもらったというのを口実に、Ramiに渡したのはそういう理由だったのか。

だけど、それだとおかしい。

結局、彼女は自殺したじゃないか。

「そう。渡したはずなのに、彼女は自殺してしまった。それが問題なんです」

しばらく、会話が途切れた。

何度かぼそぼそと勇作が行くべき道を呟き、そのたびにバイクが転進し、やがて九鬼がブレーキをかけた。

「ここですね」

と、建物を見上げる。

まだ、わりと新しそうな三階建てのアパートだった。

ああ、やっぱり、臭いがこんなにもくっきりと視える。

「……二〇三号室」

「分かりました」

幸いこれといったセキュリティはなく、階段を上るだけで部屋の前までたどり着いた。いまだふらつく勇作は、九鬼に肩を貸してもらったが、力強い健脚にかかると、ぐいぐいとまるで子供みたいにたやすく運ばれてしまった。

数回ノックしてから、九鬼はノブに手をかけた。

鍵はかかってなかった。

しかし、異臭が鼻についた。

土足で踏み込むと、フローリングの床にはぐちゃぐちゃの何かが散乱していた。

「……ボッタルガ……？」

いや、違う。鮫童が調理していたのは、確かに地中海の香りを放つ料理だったが、床にこぼれているのは単に腐り果てて、粘っこい糸を引いている魚卵だ。そのほか、生魚やチーズも散らばっていたが、もはや腐り果て蛆《うじ》が湧いている。

きつい異臭の中、五月蠅い蠅が何匹も飛んでいて、グロテスクな有り様となっていた。

「彼女たちも、祭ろうとしたんですよ」

九鬼が、床から壁に視点を移す。

汚れた壁という壁が、神社のお守りや西洋のタリスマン、水晶球や蠟で塗り固められた人の手、果てはネイティブアメリカンのドリームキャッチャーまで総動員して、子供の落書きじみた出鱈目さで埋め尽くされている。

統一性のなさは、九鬼の言っていたように、素人だからということだろうか。前の親分や室見千鶴子の家にもある種の異常性を覚えたが、このようないっそモザイク的とさえ言える雑然さはなかった。

「これが、呪いの終わらなかった理由です」

と、九鬼が看破する。

「直会とは違うのでしょうが、彼女たちは女神像を祭って、怒りを和らげようとした。素人としてはマシな発想です。……まともに生きられるのなら、こんなものに触れなければよかったのに」

壁にかかったお守りを手にとって、九鬼が放り捨てる。

そのまま、かかっていた護符やドリームキャッチャーをひとつずつ剝《は》いでいった。

「呪いも何もかも渡してしまったなら、こんなものは不要なんです。ああこれでもう安心だと心底から信じることによってこそ、認知《おもいこみ》を拭《ぬぐ》い去《さ》ることができる。なのに、彼女たちはこんな儀式をやることで、拭い去るべき認知をぶりかえしてしまった」

爛々《らんらん》と、九鬼の隻眼が輝いているように思えた。

無性に恐ろしかった。

この場が、ではない。

死の女神が、ですらない。

禍々《まがまが》しい呪いのただ中にあって、うっすらと微笑すら浮かべた九鬼が、どうしても勇作には受け容れられなかった。

どこかで、勇作は九鬼を探偵のように思っていた。いかに怪奇で複雑な謎《なぞ》であっても、必ずや光をあてて、その闇をつまびらかにする探索者だと。しかし、これはまるで違う。いささかの要素が似通っていたとしても、本質的にそういう役回りではありえない。深い考えもなしに憧《あこが》れていた大人の姿でもありえない。

光をあてるのではなく、闇に歩み寄るその在り方を、なんと譬《たと》えたらいいだろう。

（……ジンカン）

自然と、その名が浮かんだ。

神祇鑑定人。どのような神祇であるか鑑定することこそが、彼の本義。この場合、神祇とは天神地祇《ちぎ》——すなわち天と地にあるすべての神々を見定めること。その意味が、ようやっと腑《ふ》に落ちる。

「ああ、いました」

奥のキッチンに、女が倒れていたのだ。

勇作と同じか少し上ぐらいの、若い女だった。

（あ……っ）

直会で見た影であった。震える女神の像から滲み出た影を、九鬼が薙ぎ払ったその後に、勇作が垣間見た女。おそらくはRamiがライブの際に出会った相手。

すぐさま呼吸を確認して、九鬼がひとつ息をつく。

「良かった。間に合いました。夏芽さん、ボストンバッグをお借りします」

鞄に入った箱から、女神の像を取り出して、九鬼は慎重に女のそばへと置いた。

「……これは、オカルトサークルの？」

「ええ、自殺した人のお友達でしょう」

携えてきた塩をキッチンの四隅《よすみ》に盛り、細い麻縄をくるりと回す。

その後、懐から小さなスキットルを取り出した。蓋を開けると、直会の盆の上に乗っていた水割りのワインと同じ香りがした。横たわらせたまま、九鬼は自分の口に含み、女の唇から嚥下させた。

飲み込んだのを確認してから、ゆるゆると九鬼が祭文を唱える。

「七ツのうねうね谷々迄《まで》も咲きや栄える、花なれど、あのよぢや咲ん花ど、この世ぢやいさみの花、花をいさみてよりござれ、是レになびかん神もない、是レになびかん仏なし」

そして、酒の残りを女の額に垂らして、囁いた。

「キプロスの女神は、あなたを許しました」

赤ん坊に歌いかけるような、優しい声音だった。

すると、信じられないことに、みるみる女の頬が生気を取り戻していったのだ。

「どうにか、ですね。今回の直会は本当にうまくいきました。Rami さんがこの像を祝福していたおかげでしょう」

「祝福?」

「呪いの左半分を置き換えてみればいいですよ」

言葉の意味をしばし考えて、勇作は自信なげにこう答える。

「祝い……ですか」

「ええ。Rami さんは、この像をカワイイと言ってたでしょう。コンサートのときも舞台袖に置いていたそうですよ」

そうだった。

不思議な感性だと思ったのを、覚えている。

「呪いと祝福は紙一重なんです。同じように死んでしまえと言われても、人によっては絶望し、人によっては奮起するように。かつては豊饒の女神だった像が、遥かな時を経て入手した人々にとっては、命を蝕むほど不吉な象徴に見えてしまったように。

同時に、ライブやコンサートは祭りそのものです。多くの人々が集まり、信仰を表明する場所です。おそらくは数千年ぶりに、女神の像は自分を純粋に愛《め》でる者に邂逅《かいこう》した。そして自分のための祝祭と巡り会ったんですよ。だから、直会で捧げたこの酒は、同じ女神の呪いを解くだけの意味を持ちます」

祝福。

ここに来る前の夢を、ふと思い出した。途中で覚醒《かくせい》してしまったように感じていたが、もしもあの夢が続いていたら、最後には地下アイドルのライブを観たのかもしれない。古代キプロスの祝祭と地下アイドルのライブが当たり前につながっているという指摘は、勇作の胸にひどく長い旅路を浮かばせた。

あれは、勇作の無意識に刷り込まれていた呪い――認知の感染経路だったのか。

だったら、自分がここまで追えたのも同じ理由だろう。無意識に、自分は感染経路を逆に追っていたのだ。ああ、女神像の近くで幽霊のごとき彼女の姿を見たのも、飛び降り自殺した被害者やRamiから連鎖感染した、無意識への刷り込みだったのではないか。

「…………っ」

急に、身体が軽くなった。

その途端、猛烈な吐《は》き気《け》がこみあげる。堪えきれず、トイレに駆け込んで嘔吐《おうと》した。自分でも驚くほど、大量の吐瀉物《としゃぶつ》が便器を汚した。

「大丈夫ですか」

「……は、い」

やっと、まともに話せる。

だけど、体中の血管に鉛でも詰め込まれたみたいだった。頭はろくに回らないままで、指一本動かすだけで、気が遠くなりそうだ。

それでも、これは訊かねばならないと思った。

「……じゃあ……やっぱり……そのために、僕に直会を？」

「はい。オカルトサークルの彼らが、自分で呪いを継続させてしまっているなら、その呪いを解きに来る必要がありました。誰が呪われたかは書類を追うだけではすぐに分かりませんでしたので、夏芽さんを頼るのが近道と判断したんです。夏芽さんの憑依体質は極めて希少なものですから」

至極当然に、九鬼が言う。

いつもと、まるで同じ口調だった。

仕事について説明するときや、食事中に何気ない雑談を交わすときと何も変わらない響きに、初めて頼もしいではなく、別の感情を覚えていた。

――『あいつによくされてると言ってたけど、本当にそれを信じてるのか？』

唐突に、厚田の言葉を思い出した。

「申し訳ありません。あなたにあらかじめ知らせていては、先入観で追跡が失敗する可能性がありました。可能な限りフラットな状態で憑《つ》かれてほしかったのです。もっといい方法があったかもしれませんが、私には考えつきませんでした。呪いの関係上、一刻を争う必要もありました」

続けながら、九鬼が背中をさすろうとした。

思わず、身をひいていた。

怒りとも、悲しみともつかなかった。

ただ、胃の底で黒いものが滾《たぎ》っていた。涙と同じ匂いがした。悔《くや》しくて、やりきれなくて、あらん限りの力で九鬼を睨みつけていた。ああ、息苦しくてたまらない。あれだけ吐いたのに、内臓ごと裏返ってしまいそうだ。自分が震えているのか、世界が震えているのかも分からない。

「僕……は……」

涙目で、何かを言おうとした。

しかし、その続きは覚えていない。

手を伸ばしたまま、勇作の意識は闇の底へと墜落していった。

8

驚いた顔で、厚田はこちらを迎えてくれた。

喫茶マクベスである。恥ずかしながら、マクベスという名がシェイクスピアの作品の人物だと知ったのは、つい二日前のことだ。何度かあの喫茶店を使ったという話をした際に、日暮部長がいまどきの若者はという口ぶりで、懇々《こんこん》と教えてくれたのである。将軍マクベスが王やかつての仲間を殺して魔女の予言どおり成り上がるも、暴君となりはて最後には追い落とされるまでの物語だそうだが、一体どんな気持ちでマスターは自分の店にその名をつけたのだろう。

ともあれ、厚田は一番奥のテーブルで待っていた。手にしていたのは、また搾りたてらしいオレンジジュースだった。

顰めっ面で、厚田が切り出す。

「まさか、まだSTCセンターにいるつもりなのか」

「一応、そのつもりです」

そう言って、九鬼から託された封筒を渡した。ほとんどの用件はメールで送っているそうだが、デジタル化を禁じられてる写真などについては、こちらの封筒にまとめたらしい。もともと今回の件が、文化庁ではなく厚田個人の依頼だったためもあるだろう。

「レポートはもう読んだ。滅茶苦茶《めちゃくちゃ》だろう」

と、厚田がため息をついた。

前に座った勇作をしげしげと見つめ、念のためというように話す。

「あれは、いわゆる憑《よ》り祈禱《きとう》だ。トランス状態に神霊を取り憑かせてお告げをもらうってやつだよ。ああ、君の出身からすればまったくの素人じゃないだろうが、危険がなかったわけじゃない」

「僕の出身も調べてるんですね」

「そこはすまない。九鬼の相棒ってことでどうしても気になったもんでね。——で、一通り調べた上で言わせてもらえれば、君の犬神憑きってのは、ある種の共感覚《シナスタジア》だろう」

共感覚。一部の人間は音に色を感じたり、文字に味を感じたりする。

ベートーベンの曲に赤い色がついて聞こえたり、正三角形を見て舌に辛味を覚えたりするのだ。今でこそ、一定の割合で存在すると知られた現象だが、それこそかつての世界では呪いと呼ばれたこともあったかもしれない。

「色聴と言われる人々が音から色を聞くように、詩人ランボーがAは黒でEは白だと書き残していたように、犬神憑きの君は、無味無臭であるはずの呪い——特殊文化財が惹起《じゃっき》する認知の歪みを、嗅覚で感じている。とまあ、俺はそんな風に考えてるんだがどうかな？」

「…………」

驚きは少なかった。

はっきり言語はできていなくとも、おおよそ自分の能力がそういうものだろうとは、どこかで分かっていたからだ。

「今の推理どおりだと、君は知識も過程も飛び越えて、呪いの原因に辿り着いてしまう」

厚田の瞳は、よく磨かれた鏡のようにこちらを映している。

「ああ。九鬼のヤツからすれば喉から手が出るほど欲しい能力だろうな。だからこそ、今回の事件でも徹底的に利用してのけたわけだ。あの直会はキプロスの女神をどうにかするためのものじゃない。徹頭徹尾、キプロスの女神による呪いの感染経路を、君に嗅《か》ぎ当《あ》てさせるためだけのものだ。そういう九鬼の横暴について君は怒ったりしないのかな？」

まったく、そのとおりだ。九鬼の行動が最適解だったのは確かとしても、客観的に見て勇作が体よく利用され、リスクを負わされたことには違いない。

あの二日後、凄まじい頭痛と筋肉痛を押して出社した勇作に、九鬼はねぎらいの言葉をかけて、いつもどおりに書類などをまとめていた。

鮫童は、直会のときの会話からおおよそ事情を予測していたのか、何度か場を和ませるような発言をしていて、案外常識的な面があるんだと、勇作を驚かせたものだった。なお日暮部長だけは、おお新人もいよいよやる気になってきたみたいだな、とか的外れなことを話していた。

昼に、一度だけ、九鬼からこんな風に切り出された。

『もしも必要なら別の仕事も紹介できるかと思います。おそらくですが、ここよりは待遇もよくなるでしょう』

『僕はSTCセンターの職員です』

だというのに、勇作の口は自然とそんな言葉を選んでいた。

胸の奥で、何かが燃えていた。もしも、自分がジンカンに——STCセンターに来たことに意味があるなら、それは今このときの選択ではないかと思うぐらいに。

ああ、そうだ。あれは決意だ。

いままでずっと流されるままだった自分が、初めて何かを決めたときだ。

「見ていようと、思ったんです」

「見る?」

「この人たちが、どんな風に特殊文化財《トクブン》と関わっていくのか、それを見ていたいと思ったんです」

鑑定ですか、と九鬼なら言うかもしれない。

「……そうか」

と、厚田は困ったようにうなずいた。

「一応、オカルトサークルの子は無事に昏睡《こんすい》状態を脱したそうだ。今は警察の方で事情聴取してるそうだが、まあなんせこういう事件だ。呪いのせいだなんて結論するわけにもいかないから、集団ヒステリーか何かってところで落ち着くだろうさ」

「無事ならよかったです。サークルに、ほかの人はいなかったんですか?」

「いたさ。さっきの子から話を聞いて、慌てて住所を調べたら、そっちも意識不明だったり入院してたりだったらしい。今は平静を取り戻したとさ」

なるほど、九鬼が急を要すると判断したのも間違いじゃなかったんだろう。

むしろ間違いがないからこそ、自分の決意は固まった。その芯となった感情が何なのかはまだ分からないけれど、どうしても見極めなければならないと、自分の心が訴えていた。それはきっと、犬じゃなくて、勇作自身が。

「キプロスの女神も、Rami さんに返したんだって?」

「はい。九鬼さんと一緒に持って行きました。……そういえば、どうして今回はSTCセンターで回収しなかったんでしょう」

九鬼の旧友だというこの人なら、何か分かるかもしれないと思って、訊いてみた。

するとオレンジジュースを飲みながら、厚田は中空に指を動かしたのだ。

「あいつ、言ってなかったか？　呪いと祝福は紙一重だとかなんだとか」

「あ、はい」

「あいつの口癖《くちぐせ》みたいなもんだがね。今回の場合だと、古代の祝福が呪いに転じて、その呪いがもう一度祝福に転じたわけだろ。だったら、彼女のところに女神があるのが一番安全だ。もう、あの女神像の巫女《みこ》みたいなもんなんだから」

ジンカンの役目は、特殊文化財を保護することか、安全に管理できるよう指導することだった。今回の場合は後者にあたるのだろう。ある意味で、九鬼にも成しえなかったことを、地下アイドルの彼女はすでに終わらせていたのだから。

あの後、一度だけ会ったが、返ってきた女神の像を嬉しそうに抱きかかえていた。本当にカワイイと思ってるからこそ、キプロスの女神は呪いを放棄したのだろう。

少し間をおいて、オレンジジュースをもう一口飲んでから、厚田は切り出した。

「俺も、昔ＳＴＣセンターにいてな。あいつの相棒だった」

意外な事実に、目を剝きそうになった。

同時に、今回の事件で分からなかったことが、やっと符合した。文化庁主催だったというRamiのコンサートで、誰があの石像をキプロスの死の女神だと看破したのか。それは、かつてＳＴＣセンターに勤めていた厚田に違いない。

「だけど、あいつの執念についていけなくて辞めた。いま文化庁にいるのは、そのときのコネクションでの中途採用だ」

(……ああ)

その意味が、嫌と言うほど分かる。

おそらく、九鬼は今回とほぼ同じように行動していたのだろう。同じように事件に関わって、同じように厚田も巻き込まれた。だから、九鬼の言葉も厚田の言葉も、きっと自らの過去と照らし合わせてのことなんだろう。

「ああ。そういうことなら、教えてやる必要があるだろうな」

低い唸りとともに髪を掻いて、厚田が言う。

「あいつの、昔の事件は知ってるのか?」

「いいえ」

「もちろん、特殊文化財絡みでな。幼《おさな》い頃、両親をそれで失っている」

厚田の言葉に、心臓を撃ち抜かれた気がした。

「寄生型特殊文化財・一〇六三號《ごう》だったかな」

いちまるろくさん、と流れた数字が、なぜだか呪句のように聞こえた。

窓から斜めに射し込んだ、飴色の午後の光。喫茶店に流れるジャズと、珈琲豆の焙煎《ばいせん》される香りを、ずっと忘れられない。

これが、夏芽勇作にとっての起点。
神祇《ジン》鑑定《カン》人・九鬼隗一郎を鑑定すると——この日、彼はそう決めたのだった。

〈第二話　了〉

第三話　月の小面

小面は左右非対称に作られる。人の顔が完全な左右対称でないゆえである。その左は神（悟り）の顔、その右は人（迷い）の顔とされる。そしてかの雪、月、花の小面は、雪が神の顔を、月が人の顔をわずかに強調し、花はその中間として打たれている。

1

すべては、炎の中だった。

真っ赤に燃え立つ彩《いろ》が何もかもを呑み込み、ごおごおとそそり立っている。あまりにも鮮やかな真紅は、こちらの心までも染め上げてしまう。魅入られた心までもがその炎にくべられているかのようだ。

動けない。

一歩も、動けない。

強烈すぎる熱にあてられて、柱も影も崩れ落ちていく。音もなくて、臭いもなくて、ただひたすらにその彩《いろ》と熱だけが現実だった。

どれほどの時間が経っても、きっとその彩《いろ》が褪《あ》せることはないだろう。

だってそうだ。

彩《いろ》のひとつは片目に飛び込んで、視界《セカイ》の半分を永遠に奪ったのだから。

2

やたらと、目が重かった。

ついでにこめかみにずきずきと痛みが走っている。眼精疲労なんて言葉は学生時代には縁遠かったものだが、わずか数ヵ月で年をとったというよりはそこまで根を詰めて勉強したことが一度しかなかったからだろう。かくして、デスクには栄養剤と冷却シートが常備されるようになり、さながら締め切り前の作家か漫画家みたいな顔をして、勇作は机にしがみついているわけだった。

安物の椅子にもたれかかり、軽く伸びをしたところで、声がかかった。

「なんだい。勇作くん。目の下にくまがあるぞ」

「そ、そんなのできてます？」

「だいたい会社での寝起きは禁じられてるでしょう。コンプライアンス違反とか最近はまずいんですから、気をつけてください」

禿頭をつるんと撫で上げ、日暮が言う。

「まあ、最近熱心にやってるのはいいと思うんだけどね」

ついでに、ふふんと得意げに鼻を鳴らす。今の会話のどのあたりに、得意げになる要素があったんだろうとは思うが、どうも自分の成果だと考えているらしい。

さっきの栄養剤などとともに、勇作のデスクには大量のファイルが積みあがっていた。

これまでのSTCセンター神祇管理部の仕事についてのファイルである。最近のものについてはデジタル化されているが、古い仕事については倉庫の書類をひとつひとつ確認するしかなかったのだ。最初は作業の合間を見てやろうと思っていたのだが、そんな器用さが勇作にあるはずもなく、会社に寝泊まりしながら読みふけっていたのに、まだ二割も進んでない。

(……でも、なるほど、本当に昔は偉かったんだなここ)

そんなことが、ようやく実感できつつはあった。

STCセンターは——当時からジンカンと呼ばれることが多かったようなのだが、明治時代初期の神祇官(神祇省)がもとになっている。で、この神祇官は一時期ほぼ行政のトップなんてとんでもない位置につけられていたのだが、政府機能が充実するに従って徐々に退けられていき、さまざまに名前も変わりつつ、最終的には第二次世界大戦後に廃止されている。日暮部長の「昔は偉かったんだから」というのはここから来ているらしい。

でまあ廃止後、仕事のいくつかは民間に移管されたわけだが、神祇を鑑定するなんて公《おおやけ》にしにくい機能が、STCセンターとして切り離されたのは当然の流れだろう。

(まあ、そんなの堂々と表明されても困るもんな)

なんとなく聞いてはいても、これまでつながっていなかったことが分かってくる。もちろん、神祇管理部以外にもSTCセンターの部署はあるのだが、こちらは比較的まともな部署で、そもそも事務所からして神祇管理部とは切り離されている。結果として、結構予算の無駄遣いになるわけで、日暮がノルマノルマと五月蠅いのにも、一定の理由はあったわけだ。

ちら、と斜め向かいのデスクに視線を移した。

九鬼は席を外していた。今日は宮内庁に運び込む花や神具の見積もりということで、鮫童と一緒に営業へ出ているらしい。

(……九鬼さんを見定めたい、なんて大見得は切ったけど)

厚田に言ったことを反芻《はんすう》して、勇作は小さくため息をつく。課題が山積しすぎて、一体どれだけ重ねていけば、自分の目的に追いつけるのか見当もつかない。むしろ重ねた分だけ遠ざかっているような錯覚さえある。もちろん、状況を把握してきたからこその錯覚だということは理解しているが、理解と納得はだいたいの場合別物だ。人生の七割ぐらいは、そのすりあわせでできてるんじゃないだろうか。

多分疲れているせいで、そんなことをつらつら考えていると、不意に事務所の扉が開いた。

「やあ、こんにちは」

「これは園宮小路《そのみやこうじ》の坊ちゃん！」

途端、跳ね起きるように、日暮がびしりと立ち上がったのだ。露骨に揉み手をして出迎えるあたり、きっと上客だろうとは目星がついた。

年齢は、勇作よりも少し下——大学生ぐらいだろうか。

背が高く、鼻筋の通った、これでもかという感じの美形だった。撫でつけられた髪も無造作に見えて、きちんと整えられているのが伝わってくる。

「坊ちゃんはやめてくれよ」

と、若者が苦笑した。

散らかった事務所の内側を見回し、ことりと首を傾げた。

「で、九鬼さんはいるかな」

「九鬼なら、もうちょっとしたら帰ると思いますが」

実にいい笑顔で、日暮が喋る。

「ありゃ。うちの蔵をふたつほど処分することになってさ。こういうのだったら、やっぱり九鬼さんだろうと思ったんだけど」

「くらっ？」

耳慣れない表現に、つい間抜けな声が漏れてしまった。

するると、若者はこちらを振り向いて、軽く目を細めたのだ。

「ん？　君は新人かな……？」

怪訝《けげん》な様子で近づいてきて、しばらくすると、ぐるぐる勇作を中心に回りはじめる。つま先から頭のてっぺんまで、前から後ろから遠慮なく観察され、一体どうしたものかと弱りはじめたところで、若者はとどめを刺してきた。

たった一言、ぽつりと呟いたのだ。

「犬？」

びくり、と肩が震えた。出会い頭に、こちらの心臓を摑み取られた気分さえした。この事務所で働きはじめてから、不思議な相手に出会うことは稀ではなくなっていたが、だとしてもこの人物は異質だった。

硬直した勇作の視界で、もう一度扉が開いた。

そこから現れた九鬼が、すぐさま状況を見て取って、慇懃《いんぎん》に一礼する。

「おや。お久しぶりです、園宮小路さん」

「うわ……」

と、一緒に来た鮫童が顔をしかめたのが好対照だった。さすがに、見えないよう横を向いて隠すだけの理性はあったが、勇作も気づいたぐらいだからどれだけ効果があったかは分からない。

もっとも、聞こえていたところで、変化があったかどうか。

「わ、ちょうどよかった！」

と、園宮小路と呼ばれた若者は、上機嫌に手を叩いたのだ。

「さっき話してたんだけど、うちの蔵を処分するのに、九鬼さんに立ち会ってほしくて」

「なるほど。ご指名はありがたいのですが」

一瞬語尾をよどませ、すぐに九鬼は新たな案を提示した。

「でしたら、こちらの新人——夏芽勇作を連れて行ってかまいませんか？」

＊

「さ、乗って乗って」

ＳＴＣセンターのビルの前に駐車されていたのは、真紅のスポーツカーだった。

それこそバブルとかいう時代には普通だったのかもしれないが、今となっては錯誤感さえある跳ね馬のエンブレム。女性の身体を彷彿《ほうふつ》とさせる蠱惑《こわく》的なフォルムに、勇作は目を白黒させながら乗り込んだ。

身体が沈み込みそうなほどソファも柔らかく、エンジン音さえ耳に心地よい。

発進を勘づかせないスムーズな加速に驚いていると、隣から九鬼が耳打ちした。

「いわゆる元華族ですよ。公家《くげ》華族の方ですね」

大正浪漫《ロマン》の香りさえする言葉を、こんなところで聞くことになるとは。

もっとも、この相手には似つかわしい気がした。革のハンドルを握った背中も、やたらと様になっている。こういうのも帝王学の一種なのだろうか。なんとなく自分の出身も思い返してしまったが、ここまで格差がありすぎると、嫉妬《しっと》の気持ちも湧かない。

「昔なら、こうして自分で運転するのも許してもらえなかっただろうけど、そいつはちょっと退屈だ」

くくっ、と若者が笑った。軽快なジャズとともに、景色が流れていく。

ふと気になって、勇作も口を開いた。

「ところで、お名前をお聞きしてもいいですか？」

「園宮小路でいいだろ」

「ええと、それ名字ですよね？　お家《うち》にいくならご家族もいらっしゃるでしょうし、お名前をお伺いしても」

「……明麿《あけまろ》」

一瞬、それが現実の名前だと認識できなかった。

こちらの反応でそれを把握したのか、若者——明麿は苦々しい表情で唇を尖らせる。

「園宮小路明麿。だから言いたくなかったんだよ！」

不満たらたらに言って、アクセルを踏み込んだ。

強烈なGに腹筋を押されるような感覚を味わいながら、スポーツカーはあっという間に郊外へと突き進んでいったのだ。

到着したのは、家というよりも屋敷だった。

二階建ての白亜の洋館は、そのまま美術館にも転用できそうな優美さである。広い駐車場には外車が十数台も停めてあり、それぞれが隅々まで磨《みが》き上《あ》げられている。

庭に出ると、刈り込まれた緑や彫刻の有り様に、また啞然《あぜん》とした。

日本風とも英国風ともつかない、和洋折衷の庭だ。

整った築山《つきやま》にごろりとした自然石が配された合間には、前衛的な彫像が効果的に置かれて、ある種枯山水的な雰囲気を漂わせている。一歩間違わずとも、ごたついた成金《なりきん》趣味になりそうなのに、不思議と品よく収まっているのは、庭師の腕によるものだろうか。

「また、つくりかえましたか」

「うん、面白い石を持ってこられたから、図案引いてみました」

どうも、本人だったらしい。

ようやく冬の寒さがゆるんできたこともあり、昼前の陽光に照らされると、土と草の匂いが立ち上った。

その中で、とりわけ気高い香りを放つ梅の木に、視線を釘付《くぎづ》けにされた。

慎《つつ》ましやかに白い花弁を開いた様子に、九鬼も視線をあげた。

「一本いただいてかまいませんか」

「桜切る馬鹿梅切らぬ馬鹿。もちろんどうぞ」

明磨が近くのお手伝いを呼びつけると、細い枝の一本が切って九鬼に渡され、スーツの胸元へと挿し入れられた。

普段の薔薇などと違って、至極自然に吸い込まれた花付きの枝は、いつもしかつめらしい表情の上司を、風流な詩人のように見せた。あるいはこの男の場合、そちらのほうが素顔なのかとも思われた。

蔵は、その築山の向こうだった。

どん、どん、どんと威圧感さえある漆喰《しっくい》の壁が、横一列に並んでいたのである。

「七、つ……」

唖然と、数字を口にする。

ふたつほど処分するとは聞いていたが、まさか七つも蔵を持っているとは。処分すると言われた蔵の手前には、いくつかの和傘が掲げられ、その下に漆塗りの箱が重ねられていた。どうやら直射日光を浴びさせないための措置らしい。

「あ、ヤバくなさそうなのは先に業者に持ち出してもらってるんで」

と、若者が説明した。

九鬼の眉が、軽く動いた。

「そうすると、いよいよ寄付する気になったんですか」

「うん。大半は美術館だね。放っておくと相続税もかかるし」

「相続税?」

「公益法人の美術館に寄付した美術品は、課税の対象外になるんですよ」

きょとんとした勇作に、九鬼が言葉を添える。

「STCセンターは、一応公益法人として認定されてます。まあ、こういうときのためなんですけどね」

「さすがにこの蔵の中身はまずいのが多くてね。一般の市場や美術館には出せない」

苦笑して、明麿がこめかみを掻く。

その意味は、今の勇作には明らかだった。特殊文化財はまともな鑑定士の手に余る。その鑑定は厳密に言えば真贋《しんがん》ですらなく、文化財に呪いの条件が揃っているかどうかという極めて曖昧で怪しげな基準にかかっているからだ。

だから、鑑定人に必要なものは知識だけではない。

無論、知識は前提として必須《ひっす》だが、その物品に秘められた――歴史と文化と想いをこそ、神祇《ジンカン》鑑定人は鑑定する。

そして、その蔵の中から、ひとつの人影が現れたのだ。

「お久しぶりですわね、九鬼さん」

「これは、加代《かよ》さん」

上品な友禅を纏い、ひっつめに髪をまとめた三十代半ばほどの女性だった。愁《うれ》いを帯びた柳眉《りゅうび》に切れ長の目、すっと一筆書きにしたような鼻梁《びりょう》。そのまま銀幕に出てもおかしくなさそうな美貌《びぼう》なのに……正直に言えば、故郷を思い出してぞっとした。

そして、

「……母さん」

と、明麿がこぼしたのだ。

しかし、どう見ても年齢は合わない。継母《ままはは》か何かだろうとは想像がついたが、それよりも久しぶりという言葉のほうが、勇作には気にかかった。

「そちらは新人の方?」

「あ、な、夏芽勇作といいます!」

「そう。九鬼さんが同じぐらいだった頃が懐かしいわ。あの頃は日暮さんもよく来られていたのに」

桃の花に似た唇に微笑を含ませ、女性はそっと頭を下げた。

「ご挨拶《あいさつ》が遅れました。園宮小路加代と申します。どうぞお見知り置きを」

「……母さん。今日は蔵を見てもらうことになってるから」

「あらごめんなさい。時間を取らせたわね」

「加代さんは立ち会わなくていいんですか」

　これは、九鬼が問いかけた。

「ええ、蔵はアケの領分です。もう、後継者として認められている以上、私がやることなんて何もありません。今日は懐かしいものを見せてもらっていただけなの」

　それだけ言って、加代は去っていった。現れたときと同様、きっぱりとした退場で、なんだか名刀で袈裟懸《けさが》けにでもされた心地だった。

　こほん、と明磨が咳払いする。

「じゃあ、中に」

「あ、はい……！」

　改めて案内されて、一歩入ると、そこは別世界だった。

　外界と遮断された空気は思いのほか暖かく、天窓から射すわずかな光の中、多くの木箱や書物が並べられている。それらの箱や書物自体がほの光っているようで、背後から見守るだけの勇作も、思わず息を呑んでしまった。

「では、早速拝見させていただきましょう」

　手袋をして、ゆっくりと九鬼が跪《ひざまず》いた。

　とにかく眩暈《めまい》がするほどの量の骨董品を、ひとつずつ丁寧に手に取っていく。

それもまた、普通の鑑定とは違うのだろう。時間をかけて科学的分析の導入も厭《いと》わない現代の鑑定士に比べて、むしろ直感に従うかのような速度だった。流れるみたいに手が動いて、目の前の物品を取り分けていく。

壺やら扇子やら巻物やらをほとんど一瞥で移動させていき――とりわけ目立つ小さな木箱のひとつで、九鬼の手が止まった。

「――――っ!」

勇作も、突然の刺激に顔を押さえた。

箱の中で、さらに紫のふくさに包まれていた内側には、能面が収まっていた。その面を目撃したとき、寸瞬九鬼の呼吸が止まったのだ。

「まさか……」

隣で見ていた若者が、嬉しそうに目を細める。

「さすが九鬼さん。そのまさかですよ。表には出せないやつだけど、出せばちょっとしたニュースになるでしょうね」

こほんと咳払いして、その面の名を明磨が口にしたのだ。

「……月の小面《こおもて》です」

(小面?)

確か、能面でも年若い乙女を表現したものを、そう呼んだはずだ。あまり芸術品には詳しくない勇作だが、今回調べた大量の過去ファイルにも能面は存在していたので、基礎知識ならかろうじて持っていた。

「かの豊臣秀吉《とよとみのひでよし》は能楽をこよなく好み、とりわけ石川龍右衛門《いしかわたつえもん》という面打ち師が彫り上げた三つの面を愛していたと伝えられています。それぞれに雪月花、つまり雪の小面、花の小面、月の小面の名を与え、晩年は師匠である金春大夫《こんぱるだゆう》、名人と謳《うた》われた金剛《こんごう》大夫、そして後事を託した徳川家康に贈ったとも」

蔵の中に、九鬼の声が低く響いた。

「ただし、雪の小面と花の小面は現存していますが、徳川家康に贈られた月の小面は火災によって焼失したと言われてました。まさか、本当に……」

「ははは。なかなかそそられる品でしょう？」

悪戯《いたずら》っぽい顔つきで、明磨が言う。

静かに、九鬼は面の側面へ指をなぞらせた。

びりびりと、指と面の間に紫電が走るようにさえ思えた。単なる錯覚だとしても、それだけの歴史と威厳を、能面は秘めていた。豊臣秀吉なんて歴史上の名前が出て来ても、とても笑い飛ばせないだけの圧が、見守るだけの勇作を雁字搦《がんじがら》めにしていた。

「……右半面に修復した跡がありますね」

「さすが九鬼さん」

嬉しそうに、明麿が手を叩いた。

「江戸城の火災で失われたとされてますが、うちの先祖が内々に手に入れたそうで。ところが、その先祖もまた火災に見舞われたらしく、その際に名うての面打ち師に修復を頼んだそうです。その面打ち師も修復が終わってすぐに亡くなったとか。以来、うちでも門外不出とされてます。この蔵から外に出るのは数十年ぶりでしょう」

（……火災）

鼻のあたりを押さえたまま、また、という思いが頭をかすめた。

自然発火現象。規模の大きな霊的現象には、火災が副作用として起こりやすいと、九鬼が言ってなかったか。前のキプロスの女神ではあくまで認知の歪みによる幻の炎だったが、この月の小面は。

そんな連想をしてたところに、九鬼が、振り返ってこう尋ねたのである。

「においましたか？」

「あ……はい」

強くうなずく。まだ粘膜が痺れているみたいだ。前のキプロスの女神にも劣《おと》らぬ、刺激的な感覚だった。

それを確認してから、九鬼は若者へと申し出た。

「こちらは、ＳＴＣセンターでの保護をおすすめします」

「ああ、九鬼さんのいいようにしてください。……ただ、そちらはお預けする前にひとつ使うあてがありまして」

笑顔を浮かべた明麿に、九鬼はかすかに眉根をひそめ、眼帯の表面を撫でた。

そう来る、と思っていたようではあった。

「つまり、園宮小路さんは——」

若者が手を挙げて、続く言葉を制する。その手を胸において、少なからずおどけた感じで、自らこう口にしたのだ。

「ええ。来たるお披露目《ひろめ》で、この小面で舞うつもりなんです」

3

どういう気持ちなんだろう?

半日経っても、勇作には分からなかった。

明らかに、あの月の面は特殊文化財《トクブン》だ。わざわざ九鬼を鑑定に呼び出したぐらいだし、もともとヤバいものを峻別《しゅんべつ》して蔵単位で管理してた家なのだから、おかしな呪いや現象については百も承知だろう。

それでも、その面をつけて舞ってみたいのだと言う。

夕暮れの光が差しこむSTCセンター事務所で、屋敷から帰ってきた勇作と九鬼はそれぞれのデスクに座っていた。目の前には、九鬼が淹れてくれたほうじ茶が置いてあったが、勇作は口をつける気になれなかった。

たれこめた沈黙を破って、

「お披露目と言ってましたね」

と、九鬼は顎元に触れた。

「あそこは後継者が決まった際、分家を集めてお披露目を行うのがしきたりだそうです。それこそ、かの秀吉が徳川家康や名だたる大名を招いて、自ら瓜売《うりうり》を演じたことも下敷きになっているのでしょう」

分家という言葉も浮き世離れして思えたが、その光景もひどく非現実的だった。そういえば公家華族だとか言っていたが、そうした世界ではままあることなのだろうか。

「月の小面の話は、あの蔵でしましたね」

「あ……はい」

うなずくと、九鬼は自分のほうじ茶で喉を湿らせつつ、続きを口にする。

「後事を託された徳川家康は、もちろんご存じのとおりに天下を奪《と》りました。つまりは、権力の移管装置とも見立てられるんですよ。この場合、後継者の家康が裏切っているあたりは洒落というやつでしょう。公家からすると、武士がそんな風に裏切り裏切られているのを、自分たちの行事で見立てて遊ぶのはさぞ痛快だったはずです」

歴史に埋もれた事柄を、いつものように九鬼がめくっていく。

しかし、今ばかりはそうした講釈を悠長に聞いていられなかった。

「でも、危険なものには違いないんでしょう？　能といえば、前もイェイツの日本刀の事件があったじゃないですか」

あのときも、能が関係していた。ノーベル賞文学者イェイツの手になる創作能『鷹の井戸』の英雄クーフリンとなりかわって、かの任俠《にんきょう》は暴走した。同じことが明磨に起きたらどうなるのか。

すると、九鬼は真顔になって答えたのだ。

「仮に特殊文化財《トクブン》だとすれば、その歴史的な重みからして、贋作だったイェイツの日本刀よりよほど危険かもしれません」

自分の唾を呑み込む音が、異様に大きく聞こえた。

「だったら……たとえば、あの面を、いまのうちにこちらで管理してしまわなくてもいいんですか」

「夏芽さん」

と、九鬼が名を呼んだ。

「私たちの仕事は事件を解決することじゃありませんよ。あくまで特殊文化財の安全な管理・保護、必要なレベルでの指導までです。そこから先に何かしら事件性があるとしても、それは警察に任せるべきです」

「でも、警察に特殊文化財《トクブン》の鑑定なんてできないでしょう」

「だとしても、私たちの領分ではありません。それに、園宮小路はあの月の小面を長年保存してきたところです。今日確認した限りでは保存状態もよく、修復も見事なものでした。だったら、ジンカンとして無理やりに取り上げるような道理はありません」

九鬼の言うことはもっともだ。間違いなく筋が通っている。

だけど、まっすぐうなずけずに、勇作は上司を見上げていた。心臓が五月蝿いぐらいに鳴っていた。妙に喉が渇いてたまらなかった。

目の前のほうじ茶を一気に飲み干して、唇を拭う。

（……どうして）

九鬼の表情には、何の淀《よど》みもない。

明磨にせよ母親の加代にせよ、旧知の仲らしいのに、そのふたりの安否を気遣《きづか》うような台詞すら出ない。

胸の内側で、黒いものがぐるぐるしていた。

ちらりとだけ垣間見た、あの能面を思い出してしまう。光の加減やうつむきの角度によって、能面は幾多の表情を覗かせるというが、だったら九鬼はどうなんだろう。いつもと変わらないしかつめらしい顔の奥には、何かしら秘めた想いがあるのだろうか。

「……九鬼さんは」

と、唇からこぼれた。

「九鬼さんは、あの面さえ——特殊文化財《トクブン》さえ調べられればいいんじゃないですか」

「………………」

黙ったまま、九鬼は視線をこちらへやった。

湖のように凪《な》いだ隻眼からは、やはり感情を読み取れない。かえってその瞳に映ったこちらのほうが怯《ひる》んでしまう。だから、無闇に力んでしまった。

「復讐《ふくしゅう》なんですか」

と、口から自然に滑り出ていたのだ。

「厚田さんから聞きました。九鬼さんのご両親は特殊文化財がらみの事件で亡くなられたって。だから、九鬼さんはジンカンになったんですか。特殊文化財を憎んでいるから、STCセンターに来たんじゃないんですか」

言ってしまった。

もっと、九鬼を見定めるまで、本人には言わないつもりだったのに。

対して、眼帯をした上司は胸元に手をやった。今回は花を突き出すのではなく、そこに挿していた梅をデスクの花瓶《かびん》に移しただけだ。ほのかに流れる香りは爽やかで、しかし勇作から一度漏れ出た感情を鎮めることはなかった。

「どうなんですか、九鬼さん」

問い詰めた勇作に、上司はひとつうなずいた。

「そうですね。あなたがそう考えられるのは無理のないことでしょう。いささか厚田がお喋りだとは思いますが」

「じゃあ、違うんですか」

「私がここで否定しても仕方ありません。人は主観で生きるものです。その答えをあなたが信じられなければ何の意味も持たない」

「そんな詭弁《きべん》だ」

「知らなかったんですか、ここは詭弁や禅問答を大真面目に取り扱う場所ですよ。STCセンターはソーシャルトランスカルチャー。つまり異なる社会性の交錯を取り扱う場所だって意味なんですから」

九鬼の言葉に、勇作は下唇《したくちびる》を噛むことしかできなかった。

自分の中身はからっぽだ。九鬼に対峙できるだけの何かなんて見つかりそうもない。神祇鑑定人を鑑定するだとか、なんて思い上がりだろう。

「さて、就業時間をずいぶん過ぎてしまいました」

腕時計を見下ろして、九鬼が言う。おおよそがルーズなSTCセンターにおいては、あってないような規則だが、一応気にしているらしかった。

「まだ検分すべき品は残ってますが、明日は私ひとりで伺います。夏芽さんは鮫童さんの仕事を手伝ってあげてください」

一礼して、九鬼は事務所を出て行った。

ひとり残された勇作は、宮内庁へ補助金の掛け合いに行ってた日暮が戻るまで、自分のデスクを動かないままであった。

4

「にゃあ」

「ふにぃ〜あ！」

翌日の昼下がり、二匹の子猫たちが砂場でじゃれあっていた。

黒白の色もあいまって、まるで忘れられた紙袋同士が風に揺れているみたいだ。

鮫童に預かってもらっていた子猫だった。半ば強権で奪われたようなものだったが、今になってみれば、勇作のアパート事情などに気を遣ってくれたのだろう。あのＳＴＣセンターで、一番偉ぶってるように見せかけて、一番繊細な心遣いのできるのが彼女であった。

今日の勇作は、彼らを見守りつつ、公園のベンチに腰掛けていたのだ。

同じく事務所に出勤した鮫童にじろじろと顔色を観察されたあげく、お前暇ならちょっとうちの子を散歩に連れて行け、と押しつけられたのである。猫でも散歩に連れて行くものなのかは分からなかったが、少なくとも、公園で走り回る二匹の姿はやたら楽しそうではあった。

ともあれそんなわけで、リストラを言い渡されたサラリーマンさながらに、ぼんやりと時間を過ごしているのだった。

(……といってもちょっと前まで、似たようなものだったよな)

九鬼に出会い、ＳＴＣセンターに採用されるまでの自分。

もうずいぶん昔な気がするのだけど、半年も経っていない。だったら、こうしてじっとしていれば、あの頃の自分に戻ってしまうだろうか。くだらない妄想だと思うが、そんな思考でも気晴らしにはなった。

風は柔らかく、徐々に春の気配を漂わせつつある。

瞼を閉じて、眠ってしまいたかった。特殊文化財《トクブン》もジンカンも忘れ、春が来るまで寝ていられたならば、この胸のざわつきも少しは晴れてくれるだろうか。

「ああもう！　ぐだぐだ終わり！」

ぴしゃん、と自分の顔を打つ。

ここで、陰鬱《いんうつ》にしていても仕方ない。現状の夏芽勇作にできることを考えなければ。とりあえず、園宮小路に関わりそうな過去のファイルを漁り直すとして、ほかにできることはあるだろうか。日暮部長もある程度は事情を知ってそうだから、夕食のついでにでも聞き出せるかもしれない。

「後は、できたらもう一度明麿さんに会って――」

「僕のこと？」

不意に、横合いから影が差した。

「こんにちは」

と、振り返った勇作に、若者が手を振ったのだ。上品なウールフェルトの帽子に、ラフなジャケットを引っかけている。気取りすぎと言われそうな服装が、この相手に纏われると様になるのは、やはり着こなしてきた年月の問題だろうか。

明麿だった。

「っ、どうして、ここに？」

「いえいえ、今日は君に会いに来たんですよ。事務所で聞いたら、多分このへんにいるはずだって言われたものだから」

相変わらず、胡散臭いぐらい爽やかな笑みで、明麿は帽子を脱いだ。

つい戸惑って、露骨に眉をひそめてしまう。

「僕に、ですか？」

「だって、あの九鬼さんが新人を連れてくるのって初めてだったんで」

「……うまく利用されてるだけですよ」

つい、正直なところを愚痴《ぐち》ってしまった。

しかし、その返事は思いもよらないものだった。

「いいなあ！　僕も九鬼さんに利用されたい！」

即座に、あまりにも朗らかな顔で返されたのだ。わけが分からず、勇作が言葉に詰まっていると、明磨はああと手を打った。

「ひょっとして、聞いていませんでした？　僕も卒業後はＳＴＣセンターで働きたいって言って、九鬼さんに断られたの」

もちろん、初耳だった。

意外な展開に顔をあげると、明磨は照れくさそうに頰を掻いていた。

「僕みたいな体質、ジンカンでもなければ使い用がないですから」

「体質、ですか？」

「勇作さんも、似たようなものなんでしょう」

つん、と明磨が自分の鼻をつついた。似たようなもの。

つまり――

「園宮小路さん、も？」

「ええ。霊媒――いまだと霊的過敏者とでも言えばいいんですかね。園宮小路の家には、ちょくちょくそういう体質の人間が生まれるんですよ。だから、ヤバいものを押しつけられてきたわけで。ええとあれだ。坑道に小鳥を連れて行くと、最初に死ぬからほかのみんなが逃げられるってのと同じ理屈です」

あまりにも平然と言うものだから、戸惑ってしまった。

それでは、まるで自分と同じだ。なのに、まるで自分と違う。こんなにもあけっぴろげで、上流階級にさえ属していて。

困惑している勇作に、ずいと明麿は詰め寄った。

「犬神憑き、なんですよね？」

単刀直入、迷いない質問に目を見開く。

この場合、沈黙はほとんど答えてしまっているようなものだろう。観念して、深くため息をつき、肯定する。

「……故郷では、そんな風に呼ばれてました」

「それは大変だったでしょうね」

通り一遍といった感じで同情の弁を述べて、明麿は子猫たちに手を伸ばした。

砂まみれの子猫たちは、数メートルの間をおいたまま近寄ってこない。若者と子猫たちの間に見えない壁でもあるかに見えたが、気にした風もなく、明磨は手を引き戻して肩をすくめた。

ふと、勇作から尋ねていた。

「同じ体質だって言うなら、あなたは大変じゃなかったんですか」

「どうでしょう」

と、明磨は首を傾げる。

少し時間をおいて、泡みたいに呟いた。

「僕はね、子供の頃から、たまにおかしなものが視えたんです」

本当なのか、ただの冗談なのか。

妄想めいた言葉をすぐに受け止めきれないでいると、明磨は微笑した。

「園宮小路は陰陽師《おんみょうじ》の家系と縁深いらしくて、そうした予言で財をなしたそうなんですよ。だから、子供の頃、親戚《しんせき》の失せ者探しを二、三度やって以来、えらく周囲の歓心を買《う》っちゃいまして。さすが本家の御曹司とか、無駄に持ち上げられたもんです」

ふと、明磨がSTCセンターの事務所にやってきたときのことを思い出した。

犬、と首を傾げられたのも、同じ能力によるものだったろうか。

「でまあ、そうですね。大変なこともあったかもですが……」

と、もとの話題に戻ってきて、若者は続けた。

「怒りだって、そんなに長続きしないんですよ」

呟きが、風に紛《まぎ》れる。

明磨の目は細められて、古い思い出を懐かしむようだった。あるいは、そうしてもつい に思い出しきれずに、消え去ってしまった記憶を愛おしむようにも見えた。血はつながってなさそうなのに、そうしていると、あの蔵で会った母親の面影《おもかげ》と似通っていた。

「よく、いじめた側が忘れてもいじめられた側は忘れないなんて言いますけど、あれは嘘《うそ》ですね。どっちだって忘れることも忘れないこともありますよ。だから、もしも忘れないとしたら、単にその個人が執念深いだけでしょ」

戯れ言ですよとばかりに、明磨は片目をつむった。

身近な公園が、なぜだか遠く思えた。この若者は、今も面をつけて舞っているかのように錯覚した。世界は舞台、人は皆役者と、マクベスの名前と一緒に、日暮がシェイクスピアの名言を教えてくれたのを思い出した。

「夏芽さんは、まだ怒ってるんですか」

「僕は……分かりません」

故郷でのことについて、勇作はまだ整理できていない。

怒っているのかといえば、そんな気もする。悲しんでいるよりは近いだろう。だけど、この胸の内で蠢《うごめ》いている感情はそのどちらとも名付けがたい気がするのだ。

「あの」

と、思いきって呼びかけた。

「あの能面は、危険だと思います。できたら、お披露目では使わないほうが」

「僕のお祖父《じい》さんも、月の小面で舞ったことがあるそうです」

「…………っ」

その告白は、勇作が準備していた言葉を綺麗に吹き飛ばした。

「半面が修復されてたでしょう? あれは、そんな古い話じゃなくて、お祖父さんのことなんですよ。庭につくった能楽堂ごと燃えて、怪我人まで出たとか」

微苦笑した若者に、目を剝く。

遠く思っていた歴史が、意外なほど地続きにつながってる感覚に眩暈を覚える。

「で、早死にしちゃったそうです。だから父さんは使わなかったんですよ。……けれど、結局父さんも事故死しちゃって。はは、当たり前ですが、呪いだろうが呪いでなかろうが人は死ぬんですよね。おかげで母さんは苦労しました。大黒柱がいなくなった本家を、若い女の細腕でよく守ってきたものです」

すう、と手を伸ばした。

指先が扇子をもっているところを、勇作は幻視した。優雅に翻る扇面《せんめん》は、此岸《しがん》と彼岸《ひがん》をさらに曖昧に掻き回し、若者は幽玄の境地に佇んでいる。

錯覚だ。

ここはただの公園で、退屈な昼下がりだ。そう言い聞かせないと、こちらを巻き込んで、どこかへ連れて行ってしまいそうなところがこの若者にはあった。それも才能かもしれない。あるいは元華族という血筋によるものだろうか。

にっこりと、明麿が笑う。

「でも、ひとつ分かりました。何にせよ人は死ぬんです。だったら、僕は自分が綺麗だと思うものにこだわりたい。自分がやりたいだけのわがままをしてから、笑って前のめりに倒れたい」

明麿の横顔からは、到底内心が読み取れなかった。貼り付いた笑顔は、それこそ能面のごとく思われた。

「夏芽さんはどうですか？」

と、切り出したのだ。

「似たことを考えたことありませんか？」

「……そんなこと、ありません。大学受験で東京に出るだけで、いっぱいいっぱいでしたから」

「そうですか。でも、うん。そういうのはシンプルでいいな。羨ましい」

羨ましいと囁いて、改めて勇作を見つめた。

「お披露目は明後日《あさって》です。しきたりで、僕はそれまで自宅にこもって潔斎《けっさい》することになります。月の小面は、それから改めてお預けすることになると思います」

明後日。

それで特殊文化財を預かってしまえば、ジンカンとしての勇作の仕事は終わりだ。終わってしまう。終わってしまって、いいのだろうか？

「もうすぐ、僕の時間がやってきます」

その意味は、問うまでもなかった。祖父と父に続く、明磨の番。

気の利いた言葉など何ひとつ返せずに、勇作は若者を見つめていた。明磨はにっこりと笑って、丁寧にお辞儀したのだった。

「あなたと話せて良かったです。今度はもう少しゆっくりできればいいのですが」

それきりで、公園を出て行った。最後まで子猫たちと触れあうことはなかった。

ジャケットの背中を見送ってから、ふっ、と息を強く吐き出した。

（まずは、事務所でもう一度調べなおさせてもらうか）

日暮に頭を下げることになりそうだが、少なくとも気持ちはまとまった。

明後日で終わるなら、それまで全力を尽くそう。

「じゃあ、お前らも帰るか」

と、猫たちを連れて、公園を出ようとしたところに、軽快なミュージックの着信音が流れたのだ。

携帯の受信ボタンを押しつつ耳にあててすぐ、勇作の表情は強ばった。

「――九鬼さんが、交通事故に⁉」

5

消毒剤の臭いが、つんと鼻についた。

白いベッドに、九鬼が横たわっていた。鍛え上げられた身体はシーツにくるまれていても威圧感があるのだけど、この場所ではどうしても儚さのほうが強く感じられた。呪いだろうが呪いでなかろうが人は死ぬのだ、と明暦のさきほどの言葉が脳裏に蘇《よみがえ》った。

「九鬼さん……」

「あまり、人が死にそうな顔をしないでもらえますか」

突然言われて、心臓が止まりそうになった。

もちろん容態は聞いていたのだけど、心地よく眠っていそうだったので、こちらの意表を突かれたカタチだ。こき、と首を鳴らして、九鬼が上半身を起こした。

「幸い、大した外傷はありません」

と、ゆっくり話す。

「会社の車で、園宮小路さんの蔵の残りを見てきた帰りでしてね。お手伝いさんに運転してもらっていたんですが、途中で突然人事不省に陥《おちい》りまして、アクセル踏んだまま全速力でガードレールに激突したんですよ」

どうしてそれで、ほとんど無傷なのか、と逆につっこみたくなる有り様ではあった。

「ぎりぎりで、お手伝いさんをひっつかんで、脱出したものでして」

ハリウッド映画のような光景しか浮かばない。

なお、お手伝いさんのほうは別室らしい。突然意識を失ったのも含めて、精密検査を受けているとのことだ。

「やっぱり……特殊文化財《トクブン》の呪いで？」

「拙速はよくありませんよ。夏芽さん」

穏やかにたしなめて、九鬼はひとつ息をつく。

「幸い他人は巻き込みませんでしたし、車も保険に入っていたそうですが、二、三日は検査入院になりそうです。なんとも間の悪い」

最後のあたり、この眼帯上司がふてくされているみたいにも見えて、安心すると同時に小さく噴き出してしまった。

それから、さっきの公園のことを思い出した。

――『僕はね、子供の頃から、たまにおかしなものが視えたんです』

どこか寂しげだった明麿の呟きが、まだ耳に残っている。

だから、話さずにいられなかった。

「……さっき、明麿さんに会いました」

「そういえば、蔵の検分には加代さんとお手伝いさんしかいませんでしたね。何を話されてたんですか？」

「僕と明麿さんが同じ体質だって。明麿さんにはたまにおかしなものが視える……って言ってました。僕のことを犬だとも」

「だったら、昔STCセンターに入りたいと言ってたのも聞いたんですか？」

「……はい」

肯定すると、九鬼はベッドの傍らへ顎をしゃくった。

色鮮やかに、バナナや林檎の詰め込まれたフルーツバスケットが置いてあった。

「そのフルーツバスケット、厚田が持ってきたんです」

「文化庁の、厚田さんですか」

「ええ。あなたにいらないことを言ったかもしれない、と謝ってました」

九鬼の隻眼が、まっすぐにこちらを捉えた。

思えば、いつもこの人は正面からこちらを見据えていた気がする。

「あなたの犬神憑きが共感覚《シナスタジア》みたいなものだ……って聞いたんですか」

「聞きました。一部の人間が、音に色を感じるように、僕は無味無臭のはずの呪いを嗅いでしまうんじゃないかって」

これも、正直に答えた。

なるほどと一拍おいて、九鬼が話題を変える。

「人間は、脳の一割しか使ってない……って聞いたことがありますか」

「あ……はい」

たまに、漫画や映画で見るとは言いにくかったが、ぎこちなく勇作がうなずく。

「あれは、いささかならず誇大表現で、実際は八割方使ってるそうなんですけどね。コックリさんや憑り祈禱《よぎとう》、西洋近代魔術における召喚など、憑依を中心としたまの字はこれとよく似てます。一言にすると、無意識を効率よく使う技術《スキル》なんですよ」

「無意識を、ですか?」

訊き返した勇作にうなずき、九鬼はフルーツバスケットから林檎を取りだした。

「はい。もともと無意識では、普段意識してるよりもずっと多くの情報を処理しています。というよりも、意識できる情報というのがごくごく一部、一万分の一以下であるというほうがいいでしょうね。野球でもテニスでも多くのスポーツのプロ選手がそうですが、彼らは表層意識だけで計算してはいません。また、ある種の数学者や芸術家など天才と呼ばれる方々はこうした無意識下での計算が並外れているのだとも言われてます。適当にバットを振ったのにホームラン、問題の途中式が分からないのに答えだけが出てくる、なんてのは、あてずっぽうじゃなくて無意識を活用した計算の結果なわけです」

最後の例だけは、なんとなく分かった。

言語化されない天才のパターン。びゅっとボールが来るから、ぶんっと振ればいいんだよ、なんて雑の極みみたいなアドバイスが、その天才にとっては真摯《しんし》に考え抜いた結果だというエピソードを、勇作は思いだしていた。

一万倍以上になる、無意識の情報を扱う人々。

「まの字はこれを昔から知ってました。無意識を効率よく運用するために、犬神やお稲荷《いなり》様という形象を使っていたんですよ。ほとんどの呪いは思いこみだって話しましたけど、そうした思いこみ——犬神やお稲荷様といった文化や宗教も利用した、強固な手続《プロトコル》きによって、まの字は無意識領域にアクセスします」

それは、ある種の特殊文化財は、人間の認知を歪めてしまうのだ、という鮫童の話ともよく似ていた。

いずれも、脳の未明領域に踏み込むための手段である。

霊も、呪いも、魔術も、すべてはこの頭の中にあると言っているのか。

「そうすることで、無意識が処理している膨大な情報に、はたまた表層意識では気づいていない違和感に一部の人は触れました。ええ、そのための手続き《プロトコル》として犬神憑きを選んだならば、嗅覚に関する共感覚《シナスタジア》が発現することもありえるでしょうね」

勇作の犬神憑きについて、九鬼が切り込む。

犬神憑きは共感覚だといった厚田の仮説に、なぜそれが起きているのかを、紐解《ひもと》いた。

あ、と声が出た。

「明磨さんがおかしなものが視えるっていうのも、似たようなことなんですか？　無意識に、何かを感じてしまってる？」

「そうかもしれない、というだけですよ。だいたい、こんなのがまの字のすべてってわけじゃない。無意識の活用にせよ、共感覚《シナスタジア》にせよ、あくまでまの字のごく一部は現代科学で説明できるようになってきた……というだけです。そんなレベルで先入観を与えるのもよくないですから、こういう話はしばらくするつもりはなかったんですけどね。厚田さんも部下を持ってるのだから、分かって良さそうなものなのに」

憤慨《ふんがい》するみたいに、九鬼が鼻を鳴らした。

厚田が与えた情報について、この上司なりに思うところはあるらしい。そうした表情が、拗ねている子供みたいで、つい噴き出してしまった。

「なんですか」

「いえ」

つとめて真顔で、かぶりを振る。

会うのが気まずかったのを、ようやっと思い出した。思い出さなければいけないぐらいに、そんな気持ちが薄れていた。

少し間をおいてから、もうひとつ尋ねる。

「明磨さんは、どうしてSTCセンターに採用されなかったんですか」

僕を採用したのに、と喉から出かかったが、それはこらえた。

「依頼主になりそうな方を職員にしてしまっては、仕事にならないでしょう?」

「いや、まあそれは、そうですけど」

「今のは冗談ですが」

間をはずされて、その場で崩れ落ちそうになった。

こほんと咳払いして、九鬼は言葉を継いだ。

「私も、園宮小路については気にしていました。最初に明磨さんにお会いしたのは、私も新人だったころでして、もう少しできることがあったのではないかと考えたものです」

「新人の頃って……ひょっとして、明磨さんのお父さんがまだ生きてた……」

「ええ。STCセンターにももう少し人が多かった頃ですが」

九鬼の言葉に、過去を思った。

多分厚田がいた頃だろう。九鬼の相棒として、彼がそばにいた時代。ちらりと話を聞くだけでも感じられる広範な知識やコネクションからすると、自分よりはずっと優秀な相方だったろう。

ふと、暖かな風が頬を叩いた。病室の窓が開いていて、どこかしらか一枚の落ち葉を運んできた。

その落ち葉を手にして、

「園宮小路のお披露目は、明後日でしたね。あのときの明磨さんがもう成人ですか」

と、九鬼がしみじみ口にした。

「事件については警察に任せるべきだと話しましたが、特殊文化財の鑑定には、それまでの持ち主がどんな風に関わってきたかも大きく影響します。あの月の小面を、STCセンターで保護することになるとしても、ある程度の接触が必要でしょう。ええ、案外、私よりもあなたのほうが適任なのかもしれない」

「僕、が？」

瞬きした勇作から、ベッドの上の九鬼は視線を外した。

「よければ、こちらを持っていってください」

視線の先に、近くの棚に数冊ほどのファイルが置いてあった。どうやら今回の事件について書き留めていたものらしい。そのファイルをまとめて手に取って、ずいと差し出してきたのだ。

「え……」

「この案件の残り、あなたに預けてもかまいませんか」

差し出されたファイルを、数秒逡巡してから勇作は受け取った。

たかだか数冊ほどのファイルが、ひどく重く感じた。ごくりと呑み込んだ唾が苦い。格好悪いことに、ここしばらく無理をしていたせいで肩が痛み、緊張でこめかみにもびりびりと伝播《でんぱ》した。

「……分かりました」

小さく、しかし重く、勇作はうなずいたのだった。

6

はたして翌日の事務所で、ファイルと睨みあいながら、勇作は唸りをあげていた。

九鬼から渡されたそれを、頭から三回熟読し直すだけでずいぶんと時間を取ってしまったが、おかげでおおよその内容は暗記できている。

まず、月の小面についてはおそらく真作と鑑定していた。最終的には科学的判定なども必要なところだが、箱書きや園宮小路の筋からいってもまず間違いないだろうとのこと。

そして、明磨の祖父と父親の件についても、紙数をさかれていた。

園宮小路の家は、もともと公家の間でも有名な陰陽師の筋だとかで、その家系図を添付してから、明磨の父と祖父のお披露目について記述している。もっとも、おおよそは明磨が話したとおりで、これといった新事実は見あたらなかった。

ただ、問題となる記述は、その直後だった。

結論として、月の小面は特殊文化財でない可能性が高い、と書かれていたのだ。

(え……?!)

茫然と、瞬きしてしまった。

当たり前だが、新当主のお披露目にわざわざ呪いの品なんか持ち出して、早死にするのでは理屈に合わない。そもそも月の小面には江戸城の火災で焼失したという伝承はあっても、使い手を早死にさせるなんて話もない。江戸時代に火事が起きたからといって、必ず自然発火現象《スポンテイニアス・コンバッション》だと断言するのも乱暴すぎるだろう。園宮小路の家は陰陽師に縁深いが、内部にも外部にも月の小面を呪術《じゅじゅつ》に使っていたとの記録はない。

ゆえに、現時点では、特殊文化財とする決定打はない。

そんな風に締められていたファイルに、勇作は片手で頭をかきむしった。

(……どういうことだよ、これ)

はしごを外されたとはこのことだ。危険な特殊文化財と立ち向かうつもりでファイルを受け取ったのに、そのファイルにはそもそも特殊文化財なんかじゃないよ、と書かれていたのだから。

同時に、ファイルを読んでいくと、九鬼がいかに入念に調査していたかも分かる。

そもそも、貴重な文化財だからといって、特殊文化財であるとは限らない。でなければ、美術館や博物館に行くたびに誰かがおかしくなることになるだろう。

だけど、あのとき、自分がいつもの臭いを嗅いだのは間違いないのだ。

いままでの事件にも匹敵するほどの、濃厚な臭い。

それに、明暦は何をしようとしているのか。

「本当に、お披露目に使いたいだけなのか？」

壁にかかった安物の時計を見やる。

お披露目は、明日の夜と聞いている。残り三十時間ほど。

これ以上考えていても、埒《らち》が明かないかもしれない。かといって突破口なしに再び園宮小路の家に行っても、事態は変わらないだろう。

「あーもう……」

頭がこんがらがっていく。残り少ない時間を睨みつつ、空転する思考に苛《さいな》まれていたときだった。

意外な客が、事務所を訪れたのだ。

慌てて起立して、勇作はその名を呼んだ。

「Rami さん」

「今日は私人なんだから、早野聡美《はやのさとみ》です」

にっこりと笑って、地下アイドルの Rami――聡美はそっとバッグを持ち上げた。内側に入った箱から、緩衝材に包まれた石像を大事そうに取り出す。

「この子の手入れについて、九鬼さんに聞きに来たんですけど、今いらっしゃらないんですか？」

少女が優しく撫でたのは、あのキプロスの女神だった。

「……あ、こっちにファイルが」

別途渡されていたファイルを、取り出す。

九鬼らしく、几帳面《きちょうめん》に書かれた書類だった。細々と普段の手入れがイラスト付きで記述され、道具を入手するための店や、非常時の電話番号やそのほかの注意事項も書き込まれている。

「へえ、専用の刷毛《はけ》とか使うんですね」

「石灰岩はもろいですからね」

直会《なおらい》の際は、相当乱暴な扱いをしてた気もするが、可能な限り記憶から遠ざけたい。

というか、金銭的な価値が低いとはいえ、歴史的な価値がはかりしれない遺物に対して、わりとどんでもない取り扱いをしてるのではないかという不安は心から晴れていない。いつか自分の手が後ろに回るのではないか。いや、現代ならネットニュースにデカデカと載せられるほうが先だろうか。

「どうしたんです？」

妄想に浸っていると、聡美が横合いから覗きこんできた。

「いや、ちょっと……自信がなくなっちゃって。考えてみると、そんなもの最初からなかった気もするんですけど、本当に自分はダメだなあって」

「ダメですよ！」

と、可憐な声が顔を叩いたのだ。

「あ、違いますそっちのダメじゃなくて！　九鬼さんと夏芽さんのおかげで、あたしたち、とても助かったんですから！　あたしの目の黒いうちは堂々としていてください！」

天真爛漫《てんしんらんまん》さとプロ意識が、不思議な配分で入り混じった発言だった。

ただ、確かな熱を孕んでいた。

彼女のこのエネルギーこそは、キプロスの女神の認知を、呪いから祝福に一転させた原動力だろう。地下アイドルという現代の巫女《みこ》。もっとも海外ライブを行うほどの彼女は、ただの地下アイドルというには破格かもしれないが。

ぱちぱちと瞬きして、相手を正面から見やる。

猫みたいな大きな瞳、気持ちよく断ち切られたショートカット。最初に会ったときと変わらぬ、華やかな印象。そんなことにも気づかないぐらい、上の空だったことに、やっと思い至った。

「……すいません」

ひとつ深呼吸して、勇作は別の話題を振った。

「あの、よかったらRami——早野さんの意見を伺ってもかまいませんか？」

「なんです？」

「……ええと。その、早野さんはこの女神像をライブに持って行ってるんですよね？」

「はい。舞台袖で見守ってもらってると元気が出るんです！」

「そんなとき、何か気を遣ってることとかあります？　何でもいいんですけど」

「ううーん。そういう質問だと、私じゃなくてRamiですね」

「はい？」

「ええと、うまく言えないんですけど、ここにいる早野聡美としてのあたしと、舞台に立っているRamiは別人なんです。単に名前というだけじゃなくて、内側から入れ替わるようじゃなければ、地下アイドルだってやってられないというか」

人間は、何度も仮面《ペルソナ》を付け替える。それは当たり前のことだ。会社で仕事しているときの自分と、趣味の友人と付き合っているときの自分は別物だろう。意識することさえないほどに自然に、言葉遣いも顔つきも変わってしまう。

ただ、芸能を生業とするものならば、仮面《ペルソナ》どころか中身まで入れ替えてしまう。本人も分からないほどに深く、自分自身を造りかえてしまう。

そんなことを再確認していたところで、少女は視線を天井にやりつつ、こう続けた。

「で、もちろん、ファンとかスタッフとかキプちゃんの機嫌とかマネージャーさんとかいろいろ気にしますけど……うーん、これっていうと……たとえばハコとか？」

その言葉に、何かを感じた。

首筋に髪の毛でも入り込んだような、ほんの些細な違和感。

だけど、それは――

「ありがとうございます」

と、立ち上がった勇作が頭を下げた。

「おかげでひとつ、心当たりができました。すいませんが、ちょっと席を外しますので代理の――あ、日暮さん」

ちょうど帰ってきた日暮が、事務所の扉を開いて顔をあげたのだ。

「お、勇作くん」

「日暮部長、Ramiさんをお願いします！　ちょっと僕、出てきますので！」

「へ？　ちょ、ちょっと？　勇作くん⁈」

その声を背中に受けて、勇作は事務所を駆け出ていったのだった。

7

広い庭の一部に、能楽堂がつくられていた。

あくまで略式だが篝火《かがりび》などの用意もすでに整っている。いつもお披露目で使っているという場所で、勇作はそのすぐ近くで、こそこそと身体を縮こまらせていた。

なにせ、不法侵入なのである。

セキュリティも厳重なのではと悩んでいたが、幸い広すぎるだけにかえって不用心で、専門の会社などに委託している様子もなかった。結果として、壁をよじのぼっただけで、あっさりと侵入できたものだ。

とにかく、心臓が早鐘を打つ。頭の中が痺れ、指先までびりびりと痛い。

まがりなりにも健全な小市民として生きてきた勇作にとって、自分から犯罪行為をやらかすなど、まさしく夢にも見たことのない行為だったからだ。

(……いや、それは嘘か)

自分じゃなくても、自分の内側の犬は、ずっとそんなことを夢見ていただろう。他人を憎み、呪い、蹂躙《じゅうりん》し、犯そうとするあさましい犬を、いつも勇作は身内に感じていた。

九鬼は手続《プロトコル》きだと言った。

無意識にアクセスするために、古来確立されてきたまの字のひとつが、勇作にとっての犬神憑きであると。そんなのは、現代科学が明らかにした、まの字のごく一部にすぎないとも釈明していたが、ずっと怯えていた勇作にとっては、寒々とした闇に灯った小さな火のようだった。

だったら。

「…………」

覚悟を決めて、スーツの懐から、小さな硝子瓶《ガラスびん》を取り出す。九鬼が以前自分に使った精油だった。九鬼から渡されたファイルには、どうしても必要になったならという添え書きつきで、その硝子瓶の入った小さな金庫の鍵もついていたのだった。

しばらくためらってから、思い切り吸い込む。

鼻の粘膜で、火薬が爆発した。掛け値なしにそんな感覚だった。強烈な刺激が剃刀《かみそり》になって、肌を一枚ずつ裏返しにするかのよう。いまだけはそれでいいと思った。忌《い》み嫌《きら》っていた自分を、剝き出しにして、この先まで連れて行けと願った。

探さなきゃならないものは、きっと隠されている。

痛みの中で、別の臭いが視えた。

「……あ……っ痛……」

かすかだが、その臭いは能楽堂の外へと通じていた。

頭が熱い。どろどろと溶けて、カタチを失ってしまいそう。頭蓋骨《ずがいこつ》の内側でジブンはもはや原形を留《とど》めていない。それでも、歩みは止めなかった。

星が、こちらを見下ろしている。輝きのひとつひとつがはっきりと見える。

故郷でもそうだった。気持ちが高ぶったときには、普通には見えないだろうことがはっきりと視えてしまった。だからこそ東京ではずっと心を抑えて生きてきた。そうすることが正しいのだろうと、ずっと思っていた。

そんな自分だから、上っ面で笑っていたのが見透かされていたかもしれない。

ああ、過剰に思考が冴《さ》え渡《わた》る。拡大された認識が、過去の思い出をリフレインする。記憶と現在とが渾然一体《こんぜんいったい》となって、自分の認知をぐちゃぐちゃに攪拌する。地面が壁になってそそりたち、空気が硬質の棘《とげ》を生やした異常な世界の中で、ただ歩いた。

やがて、庭のとある地点で、足が止まった。

最近石を動かしたとか、明磨が言ってなかったか。

土の臭いの中に、かすかに別のモノがまじって感じられた。ゆっくりと指を差し込む。最初はもどかしげに指先を震わせながら、やがて早く、せっかちに掘り返していく。

イェイツの日本刀のときも、ヤクザの親分の屋敷に入る直前、九鬼が同じように土を掘り返していたのを思い出した。

指先が、何かに触れた。

「……ああ、これは」

パーツが、つながっていく。

もう一度、歩き出す。

庭の端はちょっとした崖《がけ》になっていて、その裏手に回った勇作はかすかに鼻をひくつかせながら、灌木《かんぼく》をかきわける。腰ほどの高さの草葉をむしるようにして、やがて切り立った崖面に、ぽっかりと開いた穴を発見した。

地下道だった。

8

内側の空気は、ひんやりとしていた。

湿った壁に手をついて、荒らげた息で、勇作は地下道を降りていく。

大して長くはなかった。ほんの十数メートルかほどでもう一度扉があって、それを開くと開けた空間に出たのである。

光は、朧《おぼろ》な蠟燭だけだった。

妖《あや》しく揺れる光の中に、一枚の畳が敷かれ、恭《うやうや》しく台座と能面が置かれていた。

月の小面。

その前に、見覚えのある相手が正座している。

「──一日早いですよ。夏芽さん」

困ったように、明磨が顔をあげた。

潔斎と言っていたとおり、若者の服装は真っ白な装束だった。九鬼が直会を行ったときと似た、儀式のための衣装。

あのときは、感染型特殊文化財であるキプロスの女神と向かい合うためだった。

では、今は？

「どうしても、お話ししたいことがあったんです」

勇作が言う。

「ここ、隠し蔵っていうんですよね」

戦中戦後に、政府やGHQの徴収を避けるため、一部の素封家《そほうか》は隠し蔵をつくって貴重な財産を運んでいたという。ここもそのひとつだったのだろう。おそらくは防空壕《ぼうくうごう》を改造してつくりあげたものだと、勇作は踏んでいる。ここしばらく読んでいたSTCセンターのファイルの中に、そうした隠し蔵についての記述があったのを覚えていた。

新たな声が、さらに奥から湧く。

「不法侵入で訴えるべきでしょうか？」

勇作が向けた視線の方角に、和服を纏う女が佇んでいた。

ずっと、そうしていたようにも思えた。明麿の母親——園宮小路加代。今日は手描き友禅の留袖《とめそで》を纏っており、洞窟の闇に溶け出しそうな上品な黒い裾《すそ》に、艶《あで》やかな花鳥が描かれていた。

婉然《えんぜん》と唇をほころばせて、女はこう付け足した。

「もしも、ここに来るとしたら、九鬼さんだと思ってましたのに」

「僕も、そう思ってましたよ」

勇作は、今にも裏返ってしまいそうにひりつく喉で、唾を呑み込みながら、背後の薄闇《うすやみ》を見つめていた。すでに目は慣れている。土壁の近くに、トンデモないものが散乱していることも認識していた。

頭蓋骨である。

いくつもの頭蓋骨が、土壁に沿って転がっていたのである。

加代が口を開く。

「言っておきますけれど、この骨は私たちとは関係ないですから。昔、園宮小路の家が陰陽師として活動していたときに、箔《はく》をつけるためにこの手の骸骨《がいこつ》を集めていたそうです。先祖を悪く言うつもりはないですが、あまり趣味がいいとは言えませんね」

「はは、それはそうですよね。今更死体遺棄罪にひっかかったりもしないでしょうし。

……でも」

一拍おいて、勇作はこう続けた。

「この場所を、何年使ってたんですか？」

明磨が、かすかに表情をきつくした。

加代は、変わらなかった。

ふたりの沈黙を受け止めて、勇作はさらに続けた。

「大事なのはハコだと教えてくれた人がいました」

ハコとは、もちろん舞台や劇場のことだ。

だけど、もっと広く取れば、自分を取り巻く環境のことだろう。

「多分……ですけど、人の認知を歪ませるには、それ相応の環境が必要なんだと思います。だから……あなたは、こういう場所を用意した。自分たち以外の誰もやってこなくて、自分たちの認知を歪ませるのに十分な場所を」

洞窟に反響する勇作の言葉に、加代は微苦笑を滲ませた。

「せっかくここまで来たんだから、もうちょっと自信をもって断言なさればいいのに」

留袖の胸元に、白い手をおく。

「こう、おっしゃりたいんでしょう？　私がオカルティストの家系だって」

そのとおりだ。

日暮部長に調べてもらったところでは、もともと加代は園宮小路の分家だったのだ。むしろ陰陽師としては分家のほうが長く稼業をつとめていたらしく、加代の親の代まで何人かの客が拝み屋として頼っていたのが確認できた。

勇作は、ポケットからビニール袋を取り出す。

内側から、採取してきた泥がぼとぼとと落ちた。

「これを、能楽堂の近くで見つけました。かすかですが異臭がありました。多分ちゃんとした鑑識か何かにかければ、成分もはっきりするんでしょうけど」

能楽堂近くの土に混ぜ込まれていたのが、発火性のリンかそれに近しいものだと、勇作の鼻が告げていた。

「明麿さんのお披露目で、自然発火現象を起こすつもりですね。お爺さんのお披露目のときに、火災が起きたのと同じように」

「…………」

自然発火現象には、リンやプラズマなどの説もあると、九鬼は言っていた。

ならば、人為的に起こすことだって可能だろう。

だが、それで何をするつもりかといえば——

「——あなたは、月の小面を特殊文化財にするつもりなんです」

洞窟の空気が、剛性を帯びたように思えた。

逆説的な話だが、この理屈が通用することこそが、勇作の辿り着いた結論だった。

たとえもとが人為的なものであったとしても、それが神秘的な現象だと信じられるならば、都市伝説は発生する。そして、人々は話題となったモノを恐れ、やがては無意識の内に認知を侵食されるようになるのだ。

キプロスの死の女神が、Ramiのライブによって祝福されたのと、まったく逆の行為。

「あなたがたの呼び方ね。——私はただ、月の小面に、命を吹き込みたいだけなのに」

命を吹き込む、という言葉に背筋が震えた。

そうだ。九鬼の調査ファイルでも示唆されていた。現時点では、特殊文化財とする決定打はないと。

現時点では、だ。

これから——特殊文化財になりうるのだ。

人の死を染みこませ、呪いを謳い、命を吹き込ませて。

「月の小面は、美術品としても歴史ある文化財としても、間違いなく一級品です。きっかけさえあれば、あなたがたのいう特殊文化財として成立するでしょう。そして、広く認知の歪みを引き起こすには、衝撃性の高い物語が必要です」

と、加代が言う。

人々に、認知の歪みを感染させるための、最初の毒の一滴みたいに。

「ちょうど、月の小面にはうってつけの物語がありました」

明麿も話していた。

月の小面をお披露目に使った祖父は、早死にしたと。

すでに下地があるからこそ、こうした仕掛けに踏み切ったのだろう。

「そのためだけに、私はずっとこの家を支えてまいりました」

と、加代は告白する。

「ずっと、この子にはそう言い聞かせて、育ててまいりました」

愛しげに、明麿の髪を撫でた。

されるがままに、若者はうつむいている。影の落ちた表情が見えない。

「あなたは月の小面を輝かせる、最後の一筆になるのだと。あなたの命をもって、月の小面に命を吹き込むのだと」

響く声音の、なんと闇に似つかわしいことか。

「…………」

喉が渇いて、ろくに声もあげられない。

そんなまなざしで、彼女はずっと息子を見ていたのだろう。

では、僕の時間がやってくるのだと、明磨はどんな気分で口にしたのか。彼が言い聞かされていた時間とは、何を実現することなのか。

「明磨さんを、お披露目の最中に死なせるつもりですか」

「一番、衝撃的な物語でしょう?」

と、加代は話す。

「私の望みは、月の小面の完成を、この目で見ることだけです。それが叶えば、後はあなたがたにお引き渡ししてもかまいません」

「……なんで……そんなことを」

舌がもつれて、うまく喋れなかった。

ほう、と加代が熱い吐息をこぼしたのだ。

「あのとき、月の小面を見たのです。能楽堂が燃えて、お義父《とう》さまが逃げ出すその直前こそ、月の小面は最も美しかった。いいえ、まだこの面は完成していなくて、『この先』があるのだって確信させられました」

明磨の祖父の、お披露目のとき。

能楽堂に火災が生じて、月の小面も半分が焼けて、何人かの怪我人が出たという。

「私の顔も、半分持っていかれました」

加代の手が自らの右半面を擦った。真っ白な化粧が剝がれて、ぞろり、と痛々しい火傷《やけど》が覗いたのだ。ばかりか、コンタクトレンズを外した瞳は白く濁っていて、ずっと以前からそちらの視力が奪われていたことまで明らかにした。

明麿の祖父のお披露目で、火災が出たという。

その際に、彼女の半顔が焼かれたのか。

いや、違う。なぜだか勇作はそう確信していた。

半顔を焼かれても、彼女は動けなかったのだろう。能面をかぶった役者が逃げ出しても動けないほどに、彼女の魂を月の小面は侵食していた。

多分、そんな風に、モノは特殊文化財になる。

誰かの魂を縛ることで、誰かが魂を捧げることで、人とモノとが共有関係を結ぶことによって初めて特殊文化財は生まれてくる。この場合、魂を人生や物語と言い換えてもいいだろう。いま、彼女の魂と長い年月をもって、月の小面は特殊文化財になろうとしている過程なのだ。

そこまで考えて、勇作は瞬きした。

(あれ……)

何かが、おかしい。どこかがずれている。

「自分の顔の半分と、小面の半分が燃えたとき、私は運命を感じました。この小面は私なのだと思いました。本家の嫁に入るのだと決めたのも、あのときですもの」

いまだ若々しい加代の顔に、勇作は眩暈を覚えた。

彼女は、何歳だ？

これまで、自分は何を見ていた？

「あなたは……そんな」

何とか言葉を紡ごうとした勇作に、加代はただ当たり前に息子へ寄り添って、その手前に置かれた能面へ陶然とした視線を注いだ。

「だって、仕方ありません。だって、この小面は美しいじゃありませんか。だから、もっともっと美しくなるその果てを見たいじゃあないですか」

……ああ。

この執着を、勇作は知っている。

特殊文化財に憑かれたものの、言葉。有り様。

明麿は、自分と勇作が似ていると言った。それはもうひとつの意味でもあった。明麿にとっての加代と、勇作にとっての九鬼も似ているのだと。

あのとき、キプロスの女神に微笑した際の九鬼と酷似《こくじ》して、加代の唇がほころんでいる。

「やめてください」

と、勇作は口走っていた。

対して、加代ではなく、座したままの明磨が問うたのだ。

「……どうして、あなたが止めるんです？」

「当たり前でしょう！　だって明磨さん、その能面のために死ねって言われてるんですよ！」

その言葉に、明磨は無感動な顔をあげた。いつも飄々《ひょうひょう》としていた態度からは想像もできないほど虚《うつ》ろな瞳で、その頬はわずか一日でヤスリをかけたみたいにこけていた。

ただ、曖昧にかぶりを振った。

「……僕は、母さんに……ずっと言われてたから」

「いい子ね、アケ」

と、加代は自らの息子を言祝《ことほ》ぐ。

「そうよ。あなたは永遠になるの。この面を彫り上げる最後の一刀になるの」

「……はい」

ぼんやりと、明磨がうなずく。

この洞窟の中で、一体何年、そう言い聞かせてきたのか。

――『同じ体質だって言うなら、あなたは大変じゃなかったんですか』

公園で、自分が明磨に言ったことを、勇作は思い出した。なんて軽い台詞だったろう。

どうすればいい？　どうすれば止められる？

蠟燭の光を浴びて、月の小面は薄く笑っている。

明磨が潔斎を始めたときから、もう儀式は始まっている。迂闊に中断すれば、明磨の精神に癒《い》やしがたい傷を与えるだろうとも直感できた。多分、まの字とはそういうものだ。人の認知に食い込むとは、その精神に深く爪を突き立てることにほかならない。

一歩進み出て、自然と口から言葉が滑り出た。

「……九鬼さんは、ひどい人です」

「何のこと？」

「あなたと、よく似てるんですよ。九鬼さんも特殊文化財のためには手段を選ばないし、人を体《てい》よく使います。周りはそれに振り回されますし、僕だって怒りました。……でも、あなたとは違う」

「何が違うの？」

「九鬼さんが、ジンカンを選んだからです」

自分の言葉に、少しだけ勇作は驚いた。

でも、それに納得している自分も確かにいた。

「あなたも九鬼さんも、きっと自分の欲望を抑えきれない人です。でも九鬼さんは最初にその方向性を、社会と折り合うように規定した。それは単なる偶然にも思えるけれど、きっと決定的な違いだ」

必死に、言葉を続ける。

「僕も、ジンカンです」

と、絞り出すように言ったのだ。

「ジンカンとして、特殊文化財の正しい管理を求めます。ただちに、僕らの管理にゆだねるべきです」

勇作の言葉を、なぜだか加代は複雑な表情で聞いていた。ずっと昔に、どこかに置き忘れてきた玩具でも見つめるようだった。

「九鬼さん、ずいぶん正しく指導してるのね。そんなに職業倫理を大切にしてるとは思わなかったのに」

「加代さん」

もう一歩進み出ようとしたとき、しゃん、と音がした。

その響きに、勇作は直接脳を攪拌されるような痛みを覚えた。

「アケから聞いて、あなたの体質にも興味があったのよ。犬神憑きなんて、いまどき少なくなったもの」

加代の笑みが深くなる。

手に、神楽鈴を持っていた。

この響きを勇作は知っている。かつての故郷の神社で何度も聞いた。狐憑きや犬神憑きを降伏《ごうぶく》せんとする神力の象徴。あれもまた、人の認知に踏み込むための手段だったのだろう。とりわけ、何かに憑かれた者を――憑かれたと認知する者の無意識を制御するための手続き《プロトコル》。

「ええ、せっかくだからあなたにも協力してもらおうかと思うの」

神楽鈴が鳴った。

九鬼が勇作を霊媒としてその能力を制御しえたならば、彼女と明磨の関係も同じだ。憑り祈禱の基本は憑依される霊媒と、術者とのふたり一組である。加代にしてみれば、操るべき霊媒がもうひとりできただけに違いない。

「あなたの犬神憑きを見ることで、きっとアケはもっとうまくお披露目をやってくれるわ。ええ、きっとあなたたちは相性がいいはずよ」

鈴の音とともに、頭の中が真っ赤に染まっていく。

その色にぎゅっと拳を握りしめながら、勇作は低く呻いた。

「……きっと、STCセンターは必要なんです」

ばちばちと煮え立つ脳を堪えながら、勇作が言う。

「どれだけ非合理でも、どれだけ非科学的でも、そこに囚《とら》われてしまう人がいるんだから、きっと必要なんです」

「それこそ、余計なお世話です。囚われたままでいたい人もいるでしょう。泥沼の底で溺れ死にたい者もいるのです」

「だと、しても……」

しゃん、と再び神楽鈴が鳴る。

思考が濁り、涎が垂れる。身体の内側で黒い犬が吼えている。もういいじゃないか、早く俺を解放しろと、さんざんに叫んでいる。まるで頭の中で、百頭の獣がひしめきあっているようだ。いまにも頭が破裂しそうで、ただただ恐怖と飢えの叫びに蹂躙されていく。

不意に、その叫びが静かになった。

ひそやかな花の香りに、勇作は気づいた。けして主張が強くはないのに、犬の叫びをほんのつかのま押しとどめる、静かで力強い香り。

開いたままの扉から、きちんと磨かれた革靴が地面を踏んだ。

「取り込み中でしたかね」

「九鬼、さん……！」

逞しいスーツ姿は、頼りない蠟燭の光にあってさえ、ただならぬ存在感を放っていた。

「こちらも検査入院だったんですが、ちょっとしらばっくれてしまいました」

しれっと言って、九鬼は隻眼を動かした。

「お手伝いさんによくない暗示をかけたのも加代さんですね。おかげで、危うく死ぬところでしたよ」

「意味が分かりませんわね」

嘯《うそぶ》いて、加代は首を横に傾げた。

月の小面のために息子の命を捧げようというなら、他人の命などなおさらかまうまい。ここに来るのは九鬼だと思っていたとは、むしろそれを懸念して対策していたのにという意味だったのだろう。

「何をなさりに？」

「ジンカンとしていくつかの助言をしようと思って、です」

「助言？」

「ええ。——夏芽さん」

よろけた勇作の体を、九鬼が受け止めた。

寒い。いや暑い。脳内の叫びだけはつかのま落ち着いたものの、体温は出鱈目で、脳内信号はまともな回答をよこさない。認知の歪みで、ぐちゃぐちゃに掻き乱された脳内物質は、勇作の体を苛み続けている。

耐えられない。

牙が伸びるような錯覚に襲われて、目の前の腕にむしゃぶりつく。垂れた血が口《くち》の端《は》を伝ってシャツを汚した。

「お疲れさまです。よくここまで来ました」

表情ひとつ変えず、九鬼が囁く。

その血の甘さに半ば意識を持っていかれながら、いつかと同じ構図だと思った。だから、いつかには言えなかったことを、勇作は口にした。

「……九鬼さんは……」

と、嗄れた声で言ったのだ。

「九鬼さんは……僕を……使うべきだ……」

「本気ですか?」

「僕でもなんでも……好きに使って……この場をおさめてください……! 九鬼さんは、ジンカンなんでしょう……!」

「……承知しました」

渾身《こんしん》の叱咤《しった》に、九鬼が動いた。

ほかの誰かが反応するよりも早く、月の小面を拾い上げたのだ。

「壊すつもりなの?」

加代の発言に、微塵《みじん》の不安もなかったのは、自らの知る九鬼がそんなことをするはずはないと確信していたからか。

実際、九鬼の返しはこうだった。

「まさか。それではジンカンの風上にもおけません」

首を横に振って、九鬼は勇作を一瞥した。

その隻眼が、いいですねと問いかけていた。今更悩むはずもなかった。かすかな視線の上下だけで九鬼も察して、その能面を勇作の顔にかぶせたのだ。

うっ、と息を呑み込んだ。

顔を包み込まれた途端、まるで異次元にでも放り込まれた気分だった。暗闇はほとんど物理的な圧力をもって、こちらの視界を塞ぐ。加代の執念によって、この月の小面は特殊文化財になろうとしている。もともと敏感な勇作がかぶれば、たちまち意識を持っていかれるほどに。

「夏芽さん」

と、囁きが耳朶《じだ》を撫でたのだ。

その声だけが、勇作の正気を保ってくれた。

「やるべきことは分かるはずです。覚えているはずです。彼女たちが儀式をもって、この月の小面を特殊文化財に成そうとしているなら、私たちがやることは同質で、正反対のベクトルですよ。……ええ、もう憑き餌《ものがたり》は揃ってますね」

九鬼の指が、一輪の花を差し出した。

梅の花だった。仮面の奥で、勇作は密やかに唸った。それがこの屋敷の庭に植えられていた――明麿が育てていた梅だと、気づいたからだ。

「今宵の花は、蘇芳梅《すおうばい》。花言葉は忠実、高潔、独立とあいなります。あなたのありのままを、どうぞ存分に見せていただけますよう」

鼻の奥まで忍び込む、鮮やかな香り。

口中に残った血を飲み込み、ゆっくりと勇作は立ち上がる。

「さあ、食事の時間です」

いつかと同じように、厳かに九鬼が言い放った。

「呪いを喰らう呪い。欺瞞を喰らう欺瞞。物語を喰らう物語を始めましょう」

9

その先に起きたことは、シンプルだ。

勝手に、体が動いていた。

頭の芯が煮えたぎり、指先までが炎と化したかのよう。

腰が自然と入り、骨から立ち、ワタシは踵《かかと》でくるりと円を描いた。

謡が聞こえる。

「——ああ、お前はあの女を見た
——あの女はお前に見られたのを知って此方《こなた》に眼を向けた」

それは九鬼の声だ。いいや老人の声だ。

とある英雄と同じく、不死の井戸の水を求めていた老人。

そして、ワタシは英雄クーフリンを惑わす女だ。山に住み、井戸を守る魔の女。

鷹の井戸の女だ。

「——あの女の眼が恐ろしい。あれはこの世の人の眼ではない
——うるほひがなく、まじろぎもしない、あれは少女の眼ではない」

老人の声に操られるように、振り返る。

身じろぎする女の名は、確か加代とかいったか。その手前で硬直した若者の名は、明磨だったか。

知るものか。ただ舞えばよい。

英雄も老人も騙せ。加代も明磨も偽り、誑《たぶら》かせ。

誰も彼も欺いて、虚空に飛べ。

不死の水よ、湧け。

しかし俗人に一滴たりとも、その恩恵を渡してはならぬ。

「――ああ行かないでくれ！　山は呪はれているのだ
――私と一しよにここにいてくれ。私はもう何も失《な》くすものもないのだ」

声に導かれて、ワタシは舞う。鷹となって飛ぶ。

ただそれだけ。能面をつけたのだから、当然のこと。

だけど……

10

多分、ほんの数十秒のことだった。

月の小面が、勇作の顔から剝がれるように外れた。

それが隠し蔵の地面に落ちる前に掬《すく》い上《あ》げ、謡を終えた九鬼は、そっと視線をあげた。

「……何を、したの」

あまりにも、弱々しい声が応じた。

ついさきほどまでの、死すら恐れぬ女傑はもはやいなかった。ただ月の小面に命を吹き込まんとしていた魔女は消えて、代わりに別の女が佇んでいた。

「イェイツが遺《のこ》した創作能・鷹の井戸の一幕です」

九鬼の声を、勇作は遠く聞いていた。

鷹の井戸。

あのとき、ヤクザの親分が舞っていた能楽。

どんな舞だったなんて、まるで記憶してなかったのに、あのときのままに自分の体は動いていた。それこそ、無意識が覚えていたのだろうか。

いや、もっと適切な言葉があるだろう。

まるで、魔法みたいだって。

膝から崩れて、その場にうずくまったまま、勇作は微動だにしなかった。できなかった。体中から、最後の一滴までも力が抜けてしまったようだった。

それでも、声だけは聞こえた。

「九鬼さん、教えて。私に、何をしたの？」

「何も」

と、九鬼は言った。

「見てのとおり、夏芽さんに舞ってもらっただけですよ。ええ、あなたの原動力は、かつて見た月の小面の美だったんでしょう」

　しみじみと、声音が洞窟に流れた。

「美しいと思った。かけがえないと思った。だから、自分の何もかもを注《つ》ぎ込《こ》み、自分以外のものさえも費やしてしまった。だけど、それは最初の美を信じていたからです。信仰を、呪いと言い換えてもよろしい。この世で最も強い呪いは、自分が自分にかける呪いなのですから」

　震える気配を感じる。

　かすかに持ち上がった視界が、皺だらけの手が握りしめられるのを認識した。

「ですが、だからこそ、同じ月の小面でそれ以上の美を見てしまえば、一瞬でも見たと思ってしまえば、その原動力は――あなたが自分にかけていた呪いは、最初からやりなおすしかない」

　と、九鬼は続ける。

　死の宣告のようにも聞こえた。

「夏芽さんの呪いは、呪いを解くための呪いです。月の小面を与えたならば、きっとこう作用すると思っていました」

「…………」

やっと、勇作は顔をあげた。

息を止めた。

そこにいる女は、もはや勇作の知る加代ではなかった。

「……私は」

「もう、お子さんの命を奪って、月の小面に命を吹き込みたいなんて情熱は湧かないでしょう。情熱が湧かなければ、月の小面も特殊文化財になんてなりようもない」

「いいえ！　いいえ！　私はこの月の小面を愛してる！　ちっとも変わらない！」

嗄れた声に、耳を疑った。

同時に、その声の悲痛なまでの虚ろさにも。

「情熱は語るものではなく秘めるものです。口にした段階で、あなたが醒《さ》めてしまっていることは残酷なまでに明確です」

九鬼の断罪こそ、なんと残酷だったろう。

明麿の母として年相応——五十代半ばほどに老いた顔を、彼女はしていた。

多分、勇作の認知は最初から歪まされていたのだ。長い執念と月の小面が絡みあって、彼女こそがある種の特殊文化財となりおおせていたのだと、勇作は納得した。余人には関係あらずとも、認知の歪みに過敏反応する勇作だけは、彼女の偽りの姿を視てしまっていたのかもしれない。

ひょっとすると、明磨も。

「呪いは消えた。情熱も消えた。ならば、後に残るのはあなたが為した罪だけです。相応に悔《く》いるとよろしいでしょう。――さあ、帰りましょう夏芽さん」

勇作の手を取って、九鬼が肩を貸した。

「でしたら……その子をよこしなさい。その子なら、アケより美しい仮面になるでしょう？」

「残念ですが、誰に渡す気にもなれません」

「アケ！　ふたりを止めて！」

金切り声で、加代が命じる。

曖昧な表情で、白装束の若者が立ち上がる。

「やめたほうがいい」

と、九鬼は忠告した。

「あなたはずっと正気です。明磨さん。洗脳されてなんかいない」

その言葉に、若者が足を止めた。

「お母さんの人形にされるほど、どうやってもあなたは弱くなれない。何年かけて呪いをかけようとも、ついに征服されない精神《こころ》もあります」

「九鬼さんはひどいなあ」

と、明磨は笑った。

ふたりを交互に見やり、加代は茫然と口を開いたが、もはや声はこぼれなかった。

「人形になっていたかったんですよ」

明磨の笑みが、困ったように深くなる。

「僕は、母さんの思うままの人形でよかった。本当にそうなりたかったんです」

怒りだって長続きしない、と若者は言っていた。

あれは、加代に対しての言葉だったのか。愛されたかったのか。それとも愛したかったのか。うまく読み解くだけの経験も、うまく表現するだけの言葉も、勇作は持たなかった。そのことが少しだけ哀《かな》しかった。

「お母さんをお願いします」

「分かりました」

うなずいて、明磨が一礼した。

それから、

「ちょっと思ってたんですが、実は勇作さんに甘くないですか。九鬼さん」

と、付け加えた。

隠し蔵の出口まで歩いたところで、九鬼は小さく呟いた。

「私がスカウトしてきた、自慢の新人ですから」

「羨ましいなあ」

と、明磨がこぼした。

「本当に、羨ましいなあ」

意識を失わぬよう歯を噛みしめていた勇作の耳に、その言葉はするりと忍び込んだ。

11

あれから、二週間ほどが経っていた。

園宮小路からは、鑑定料として十分な謝礼が支払われたということで、日暮はしばらく上機嫌だった。結局、月の小面はSTCセンターの管理となり、処分することになった蔵の残りも含めて、きちんと料金が支払われたらしい。後のことを頼まれた明磨はきちんと仕事をこなしたということだろう。

勇作も数日休んだだけで、STCセンターに復帰していた。

たまたま、事務所で、九鬼とふたりになることがあった。

斜め向かいのデスクで、眼帯上司はもくもくと書類仕事を片付けており、ペンが紙を引っ掻く音がひっきりなしに続いた。発注や予算計上なんかはデジタルですませたほうが効率よさそうなものなのだけど、いまだに官庁の一部ではアナログな手段にこだわっているらしい。結果として、デジタルでプリントしてからもう一度手書きで清書し直すとか、それこそ魔術の儀式めいた習慣が一部に残っているらしい。いや、こうでなければならないという思い込みは、それこそ魔術そのものかもしれない。

昼休みまで黙ったまま過ごして、ふとデスクに影が落ちた。

「お弁当食べますか」

と、九鬼が漆塗りのお重を差し出してきたのである。

「えっと……なんかえらい立派なんですけど」

「今日の直会のあまりです。宮内庁に宅配するはずだったんですが、向こうが間違えて余分に頼んでしまったそうで」

なんとも複雑な顔になる。この人、直会でやったこと覚えてないんだろうか。

ともあれ、中身は美味しかった。鮫童の手になるそうだが、今回は純和食という感じで、筍《たけのこ》やイイダコの煮付けがメインとなっており、丁寧に出汁《だし》を取った繊細な味付けが、無闇な幸せを口の中に広げるのだった。

「今回も、事務所に帰ってきましたね」

「はい」

こちらもふきのとうの天ぷらを食べながら、九鬼が言う。

「まだ、辞める気にならないんですか」

「僕は九鬼さんの鑑定をするつもりですから」

そう言って、勇作は小さく息をついた。

あのときは熱情にかられたまま口走ったのだが、いまにしてみると気恥ずかしい。まっすぐ顔を見ることができなくて、勇作は手元に視線を落としたまま続けた。

「ひとつだけ、分かりました。……九鬼さんがジンカンになったのは、ああならないためですね」

誰のことを話してるかは、言うまでもあるまい。

「きっかけは、不幸な事故だったのかもしれません。加代さんと同じようになる可能性もあったのかもしれません。だから、自分の関わり方を定めてしまうために、ジンカンになったんじゃないですか」

「どうでしょう」

いつものようにさらりと受け流した九鬼に、今回はもう一言だけ踏み込んだ。

「でも、九鬼さんは特殊文化財《トクブン》が好きなんですよね」

と、続けたのだ。

「けして憎んではいない。人を押しのけるぐらい、いいように利用してしまうぐらいに、特殊文化財やそれにまつわる人々が好きなんです。単に夢中になって、ジンカンって立場がなければ何もかも放り出してしまうだけで、それはわりと九鬼さんが馬鹿だからです」

馬鹿、と言われて、九鬼が一瞬停止する。

何度か瞬きして、自分のことを指さした。

「馬鹿、ですか」

「馬鹿です」

断言する。

これまでで、一番の勇気が必要だった気がした。

だけど、

「それはいい。そんなことを言われたのは初めてです」

と、九鬼が破顔したのだ。

勇作が初めて見る、満面の快笑だった。

そのとき、事務所の扉が開いた。てっきり日暮か鮫童かと思ったら、片方は日暮だったのだが、もうひとり意外な人影が姿を現した。

「や、ただいま」

「こんにちは、先輩方！」

あまりに明るい声に、戸惑ってしまった。何より『先輩』という言葉！

日暮の隣から、園宮小路明麿が、事務所にずかずかと入り込んで、恭しくふたりへ一礼したのである。

「ようやく家のことが片付きまして――今日からよろしくお願いします！」

「え、その、明麿さん、ひょっとして……」

思わず胡乱《うろん》な声になった勇作に、明麿は実に元気よくうなずいた。

「はい！　今度こそＳＴＣセンターに入社させていただけるよう、日暮さんと九鬼さんにお願いしてたんです！」

「明麿さんが、ジンカンに？」

ぎこちなく呟くと、こほんと日暮が咳払いした。

「やあ、九鬼くんに止められてたんだけど、もういいって言うもんでさ。ほら、特殊文化財についても、いろいろ園宮小路の伝手《つて》で探してくれるっていうし」

「九鬼さんが？」

「家の事情が終わりましたからね」

こちらも、あっさりと認めてうなずく。

横合いから、明麿がぐいと手を伸ばしてきた。

「よろしくお願いします、夏芽先輩！」

どこか挑戦的な瞳に、勇作は一瞬気圧されつつ、すぐ手を握り返した。

騒がしくなりそうな予感とともに、胸一杯に事務所の埃っぽい空気を吸い込んで、後で少しだけ咳き込んだのだった。

〈第三話　了〉

本書は書き下ろしです。

〈著者紹介〉

三田 誠（さんだ・まこと）

兵庫県神戸市在住。ファンタジー、ミステリ、ゲーム小説などジャンルを越えた活躍を続ける。テレビアニメ化された『レンタルマギカ』、『RPF レッドドラゴン』（原案・共著）、『Fate/stay night』のスピンオフ小説『ロード・エルメロイII世の事件簿』、『幻人ダンテ』など、著書多数。

ジンカン
宮内庁《くないちょう》神祇《じんぎ》鑑定人《かんていにん》・九鬼《くき》隗一郎《かいいちろう》

2017年12月20日　第1刷発行　　定価はカバーに表示してあります

著者……三田《さんだ》誠《まこと》

発行者……鈴木　哲
発行所……株式会社 講談社
〒112-8001 東京都文京区音羽2-12-21
編集03-5395-3506
販売03-5395-5817
業務03-5395-3615

本文データ制作……講談社デジタル製作
印刷……豊国印刷株式会社
製本……株式会社国宝社
カバー印刷……慶昌堂印刷株式会社
装丁フォーマット……ムシカゴグラフィクス
本文フォーマット……next door design

ISBN978-4-06-294102-0　N.D.C.913　282p　15cm

講談社タイガ

大正箱娘シリーズ

紅玉いづき

大正箱娘

見習い記者と謎解き姫

イラスト
シライシユウコ

新米新聞記者の英田紺《あいだこん》のもとに届いた一通の手紙。それは旧家の蔵で見つかった呪いの箱を始末してほしい、という依頼だった。呪いの解明のため紺が訪れた、神楽坂《かぐらざか》にある箱屋敷と呼ばれる館で、うららという名の美しくも不思議な少女は、そっと囁《ささや》いた——。「うちに開けぬ箱もありませんし、閉じれぬ箱も、ありませぬ」謎と秘密と、語れぬ大切な思いが詰まった箱は、今、開かれる。